DREAMBOOKS★

# 天下第一

## 천하제일

ORIENTAL FANTASY STORY & ADVENTURE

장영훈 신무협 장편소설

# 4

dream
books
드림북스

# 천하제일 4

초판 1쇄 인쇄 / 2014년 4월 30일
초판 1쇄 발행 / 2014년 5월 11일

지은이 / 장영훈

발행인 / 오영배
책임편집 / 편집부
펴낸 곳 / (주)삼양출판사 · 드림북스

주소 / 서울특별시 강북구 솔샘로67길 92
대표 전화 / 02-980-2112 팩스 / 02-983-0660
편집부 전화 / 02-980-2116 팩스 / 02-983-8201
블로그 / blog.naver.com/dreambookss

등록번호 / 제9-00046호
등록일자 / 1999년 3월 11일

ⓒ 장영훈, 2014

값 9,000원

(주)삼양출판사 · 드림북스의 서면 허락 없이는 어떠한
형태나 수단으로도 이 책의 내용을 이용하지 못합니다.

ISBN 978-89-542-5425-0 (04810) / 978-89-542-5421-2 (세트)

* 지은이와 협의하에 인지는 생략합니다.
* 잘못된 책은 구입한 곳에서 바꾸어 드립니다.

이 도서의 국립중앙도서관 출판시도서목록(CIP)은 서지정보유통지원시스홈페이지(http://seoji.nl.go.kr)와
국가자료공동목록시스템(http://www.nl.go.kr/kolisnet)에서 이용하실 수 있습니다.
(CIP제어번호: 2014014288)

# 天下第一

## 천하제일

### ORIENTAL FANTASY STORY & ADVENTURE

장영훈 신무협 장편소설

**4**

dream books
드림북스

# 天下第一

천하제일

# 차례

第一章
조금산

天下第一

天下第一

원로원이 주관하는 비상 회합이 열렸다.

원로원은 과거 무림맹에서 고위 관직에 있던 고수들, 혹은 무림맹에 기여가 컸던 정파의 노고수들이 속해 있는 무림맹의 친목 조직이었다. 한마디로 쉽게 말하면 은퇴한 고수들의 모임이었다.

최고의 고수들이 모인 조직이긴 하지만 평소에는 그 어떤 권한도 없었다. 맹주의 권위에 도전하지 못하게 여러 엄격한 규율이 있었기에 그들의 힘은 미미했다.

원로원이 제힘을 발휘할 때는 바로 지금처럼 맹주가 실권을 잃고 무림맹의 존재를 위협하는 큰 위기가 발생했을 때였다.

지금 모인 고수들은 백여 명에 달하는 원로원을 대표해서 나온 십인의 고수들이었다.

원로들도 여러 부류가 있었는데 우선 정치와 전혀 무관한 이들이 있었다.

"맹주님의 상세는 어떠시오?"

지금 입을 연 서봉두(徐鳳頭)가 바로 그런 부류였다. 그는 정치와 권력에는 관심이 없고, 오직 맹의 안위만을 걱정하는 인물이었다. 원로원 대다수를 차지하는 부류이기도 했다.

그러자 한옆에 서 있던 황노가 조심스럽게 말했다. 그는 일전에 전각주의 부검을 맡기도 했다.

"맹주님께서는……."

그가 굳은 표정으로 긴 한숨을 내쉬었다.

"회복되기 어려울 것 같습니다."

무거운 침묵이 흘렀다. 그 외엔 더 할 말이 없었기에 황노는 송구스러운 표정으로 그곳을 물러났다. 그의 진단은 정확했다. 천무광은 일부러 그런 진단이 나오도록 몸 상태를 조절했던 것이다.

"마교와 사파의 동태는 어떻소?"

앞서 서봉두가 정치에 무관심한 인물이라면 지금 질문을 던진 소염백(蘇琰白)은 상당히 정치적인 인물이었다.

"아직 이렇다 할 움직임은 없습니다."

제갈명이 차분히 대답했다.

현 강호의 평화는 맹주로 인한 평화라 해도 좋을 만큼, 천무광은 강력한 무공을 지니고 있었고, 정파강호의 절대적인 지지를 받는 인물이기도 했다.

그가 주화입마에 빠졌다는 소식이 사파와 마교에 전해지면 그들은 오랜 침묵을 깨고 움직이기 시작할 것이다. 단지 맹주 한 사람의 안위가 걸린 문제가 아니었다.

"아직 소식을 듣지 못한 것 아니오?"

소염백의 질문에는 그들이 아직 이 사실을 모르길 바라는 염원이 담겨 있었다.

"아닙니다. 지금쯤이면 틀림없이 소식이 들어갔을 겁니다."

제갈명은 그들의 정보력이 얼마나 뛰어난지 잘 알고 있었다. 이미 천무광이 한 차례 크게 날뛰고, 갑호령까지 내려졌는데 그들이 모를 리는 없었다.

"그렇다면 단단히 대비해야겠군."

"현재 맹 내에 갑호령이 내려졌고, 주요 강호 명숙들에게 주의를 요구하는 전서를 보냈습니다. 자세한 내막 대신 놈들의 동태가 심상치 않다는 정도로만 알렸습니다."

"잘 처리하셨네."

다른 원로원의 고수들도 고개를 끄덕였다. 그들 중에는 외부에서 들어온 고수들도 있었지만, 대부분 무림맹 내에서 요직을 담당하던 이들이었다. 따라서 제갈명의 일처리를 직접 경험한 이들이 많았다. 그들 대부분은 제갈명의 능력을 확실히 인정했다.

이윽고 원로회에서 가장 정치적인 성향인 야율강(耶律强)이 입을 열었다. 그는 현직에 있을 때부터 대단한 실력파로 천무광이 아니었다면 그가 무림맹주가 되었을 것이란 말이 나올 정도의 인물이었다.

"그냥 이렇게 맹주님이 낫기만을 바랄 수는 없는 노릇 아니겠소?"

소염백이 그의 말을 받았다.

"어찌하자는 말씀이시오?"

"임시 맹주를 선출해야겠지요."

듣기에 따라선 불경한 말이었다. 하지만 지금 상황에서 한 번쯤 거론되어야 할 일이기도 했다.

임시 맹주의 선출과 관련해서 정해진 법이 있었다.

추천을 받아 후보자를 가리고, 그중에서 원로원 대표들과 전각주, 비영단주의 투표로 한 명이 선출된다. 물론 어디까지나 임시 맹주를 뽑는 과정이었다. 맹주를 추대하는 과정은 그보다 훨씬 복잡하고 어려웠다.

임시 맹주에 대한 이야기가 언급되자 다시 그곳에 무거운 침묵이 흘렀다.

제갈명은 담담히 야율강과 소염백을 번갈아 쳐다보았다.

야율강과 소염백, 그들은 원로원에 들었음에도 정치적인 복귀를 꿈꾸는 인물이었다. 제갈명 역시 그들의 성향을 누구보다 잘 알고 있었다.

아마도 그들은 이 상황을 즐기고 있을 것이며, 이 위기를 자신들이 일선으로 복귀할 기회로 여기고 있을 것이다.

물론 그들이 나섰다 하더라도, 오늘 이 자리에서 가장 큰 발언권을 지닌 사람은 제갈명과 사도명이었다. 원로원이 상징적인 권력이라면, 두 사람은 실제 권력을 쥐고 있었으니까.

제갈명은 대화를 유심히 들으며 각자의 표정을 살피고 있었다. 누가 이야기를 꺼내고, 그 말에 어떤 반응을 보이고 있는지.

'이 안에 사도명과 같은 편이 있을 수 있다.'

청룡단주를 심어서 전각주로 만든 자들이었다. 원로원에 같은 편을 하나 만들어 뒀다고 해도 전혀 이상하지 않았다. 아니, 오히려 이곳에 놈들 편이 없는 것이 더 이상한 일일 것이다.

그리고 사도명과 마찬가지로 그자는 차기 맹주 선출에 깊이 관여해서 영향을 미치려 들 것이다. 혹은 자신이 직접 차기 맹주가 되려고 하거나.

"전각주의 생각은 어떠신지요?"

제갈명이 넌지시 응수타진했다.

"신중히 결정해야 할 일이라 생각하옵니다만, 그렇다고 무작정 미룰 수도 없는 일이라고 생각합니다. 마교와 사파의 무리가 어떤 짓을 저지를지 모르는데 본맹도 만반의 사태에 대비는 해야 하지 않겠습니까?"

사도명의 대답에 원로원의 고수들이 고개를 끄덕였다. 노고수들은 마교나 사파라면 치를 떨었다.

다시 제갈명이 물었다.

"그렇다면 어느 분께서 맡으시면 좋을지 생각해 보셨습니까?"

그러자 사도명이 잠시 고민하는 듯하더니, 이내 담담히 속뜻을 밝혔다.

"저는 백 선배께서 맡으시는 것이 좋다고 생각합니다."

그가 말한 백 선배란 백유(伯柳)를 뜻했는데, 온건한 성품의 그는 많은 무인의 존경을 받고 있었다. 정치적이지 못한 약점은 있어도 임시 맹주로 삼기에 적당한 인물이기도 했다.

제갈명의 머릿속이 빠르게 회전했다.

'진심인가? 속임수인가?'

자신의 본심을 밝히지 않으려고 속내와 다른 말을 할 수도 있었다.

그러자 한옆에 말없이 앉아 있던 백유가 나섰다.

"노부는 그런 중임을 맡을 수 없소. 사실 노부는 일간 고향으로 돌아가 금분세수(金盆洗手)를 하려던 참이었소."

금분세수는 금으로 만들어진 그릇에 손을 씻는 행위를 뜻했는데, 완전히 강호의 일에서 떠나는 일종의 은퇴식이었다. 금분세수에는 강호를 떠나 다시는 강호 일에 개입하지 않을 테니, 지난 은원 역시 모두 잊어 달라는 뜻이 담겨 있었다.

그 말을 듣는 순간, 제갈명은 확신했다.

'하필이면 금분세수를 하고 강호를 떠날 백 선배를 지지했다? 사도명은 이 사실을 미리 알고 있었구나!'

그렇다면 백유에 대한 지지는 가짜였다. 자신의 본심을 감추기 위한 가짜 지지.

과연 그의 짐작대로 사도명은 백유가 그럴 계획임을 미리 알고 있었다. 일단 자신이 선택하는 사람이 차선책임을 강조할 속임수였다.

"그러시다면……"

사도명은 잠시 숙고하는 듯하더니 이내 차분히 말했다.

"전 야율 선배를 추대합니다."

그는 야율강을 추천했다.

'이번이 진짜다!'

제갈명은 확신했다. 그리고 그 대상이 야율강이라는 사실에 내심 놀랐다.

모두의 시선이 야율강을 향했다.

"본인은 그런 중책을 맡을 수 없소."

하지만 말과는 달리 야율강은 눈가에 감출 수 없는 기쁨이 스쳤다.

체갈명은 그 표정 변화를 놓치지 않았다.

'진심으로 좋아한다? 그렇다면 미리 작당하지 않았다는 뜻인데?'

분명 그런 느낌을 받았다. 물론 이조차도 연기일 수 있겠지만, 왠지 그런 것 같지는 않았다. 그렇기에 자연스럽게 따르는 하나의 의문.

'그렇다면 왜 야율강이지?'

야율강은 원로원에서 가장 노회하고 정치적인 성향의 인물이었다. 사도명이 꼭두각시로 쓰기에 가장 어려운 인물이란 뜻이었다.

'한데 왜? 설마 야율강도 이미 그들에게 포섭되었단 말인가?'

그는 지극히 정치적인 인물이지만, 그렇다고 쉽게 포섭당해 무림맹을 배신할 사람은 아니었다.

바로 그때였다. 밖에서 무인의 목소리가 들려왔다.

"만금장주(萬金莊主)께서 오셨습니다."

만금장주란 말에 모두 깜짝 놀랐다.

만금장주 조금산(曹金山).

무림맹주 천무광의 오랜 친구이자 강호에서 가장 돈 많은 두 명의 부자 중 한 명이었다.

또 다른 부자는 천하상회(天下商會)의 회주 하대군(夏大君). 그는 조금산과 더불어 천하이대갑부에 속해 있었다.

하대군의 성향은 조금산과 달랐다.

지난 세월 조금산이 무림맹을 등에 업고 합법적인 사업을 벌여 나왔다면, 하대군은 지하상계(地下商界)를 장악하고 있었다. 지하상계란 바로 염왕채(閻王債), 즉 고리대금의 세계를 의미했다. 상계에서 조금산이 빛이라면 하대군은 어둠이었다. 그들이 한 해에 벌어들이는 돈은 계산조차 불가능하다고 알려졌었다.

어쨌든 지금 등장한 조금산은 매우 정치적인 인물로 무림맹의 가장 큰 재정지원자였다. 그가 한 해에 무림맹에 지원하는 돈만 수십만 냥이 넘었다.

무림맹의 원로들을 자리에서 벌떡 일어나게 할 만한 힘을 지닌 인물. 세상에서 가장 돈이 많은 인물. 그것이 바로 조금산이었다.

그가 지닌 사병만 해도, 그 수가 어마어마했다. 그 많은 돈을 지키기 위해서, 그리고 자신의 목숨을 지키기 위해서 얼마나 대단하고 많은 고수를 고용했을지는 미루어 짐작되었다.

그는 왜소한 체구에 작은 키를 가진 노인이었다. 얼굴 역시 못생긴 축에 드는 볼품없는 외모, 하지만 오히려 그랬기에 만만히 볼 수 없었다. 저런 신체 조건으로 상상을 초월하는 재산을 모았으니, 사람들은 그를 더 두렵게 느꼈다.

그리고 결정적인 또 하나.

"조 대인, 오랜만에 뵙습니다."

야율강이 달려 나가 그의 두 손을 맞잡았다. 원로원의 여러 고수 중 특히 야율강은 조금산과 아주 친했다.

손을 맞잡는 두 사람을 보는 순간 제갈명의 심장은 얼어붙었다. 불길한 예감이 온몸을 엄습해 왔다.

그의 머릿속에 나오지 말았어야 할 답이 나왔다. 왜 사도명이 야율

강을 지지했는지에 대한 답이.

'설마 이번 일에 조금산이 개입되었다?'

제갈명은 간절히 바랐다. 자신의 예감이 제발 틀리기만을. 이번만큼은 제발.

*　　*　　*

"조금산이라고요?"

설수린은 자신이 잘못 들은 줄 알았다. 그게 아니라면 동명이인이거나.

하지만 아니었다. 이화운이 서공찬을 통해 조사한 사람은 틀림없는 만금장주 조금산이었다.

"당신, 그가 어떤 사람인지 알고나 있어요?"

"모르니까 이렇게 돈을 들여서 조사했지."

"장난치지 마시고요!"

"그래, 안다. 당신보다 더 잘 알지. 그가 어떤 사람인지는."

그리고는 단호한 어조로 덧붙였다.

"난 그가 이번 일의 배후에 있다고 생각해."

설수린의 표정이 딱딱하게 굳었다. 혹시나 했던, 그래도 설마 했던 대답이 나온 것이다.

"말도 안 돼요."

"왜?"

"왜라니요? 그는 오랫동안 무림맹의 든든한 지원자였다고요."

"그것이 그가 절대 무림맹을 배신하지 않을 것이라는 이유는 못 되는 것 같은데."

"조금산은 맹주님과도 아주 친하다고 알려졌어요."

"당신은 맹주님과 자는 사이라고 알려졌잖아?"

설수린이 어이없다는 표정을 지었다. 하지만 생각해 보니 그의 말이 옳다. 지금껏 조금산에 대해 들은 것은 모두 소문뿐이었다.

소문은 소문일 뿐이다. 친한지 안 친한지는 옆에서 직접 본다고 해도 알 수 없는 일이다. 그들의 속마음이 어떤지 알 수 없는 한.

"그를 만나본 적이 있나?"

"아니요."

"그런데 왜 그를 믿지?"

"그거야……."

대답할 만한 이유가 떠오르지 않았다. 분명 막연한 선입견이 있었다.

"그가 돈이 많아서?"

정곡을 찌르는 말이었다. 분명 그런 생각도 있었으니까. 그냥 돈이 많은 것도 아니고 강호에서 가장 돈이 많은 두 사람 중 한 명이었으니, 분명 너그럽고 여유 있는 사람일 것이라고 지레 단정하고 있었다.

"그가 대체 왜요? 그는 모든 것을 다 가진 사람이잖아요? 그는 세상을 다 가진 사람이라고요!"

"한 가지는 빼고."

"뭐죠?"

"무림맹주가 지닌 절대권력."

설수린이 가늘게 탄식을 내뱉었다. 머릿속이 복잡했다.

"당신은 왜 그를 의심하는 거죠?"

이화운이 담담히 말했다.

"그들을 막대한 금력을 소유하고 있었어. 대체 그 돈이 어디에서 났을까가 궁금했지."

그건 설수린 역시 마찬가지였다. 강호에서 열 손가락에 드는 살수 집단을 동시에 세 군데를, 그것도 거의 모든 주력을 움직인 자들이었다. 이후 등장한 고수들만 해도 그들의 행보는 어마어마했다.

"하지만 단지 그 이유라면 비약이에요."

"그래, 물론 그렇지."

이화운이 그것을 모를 리 없었다. 그는 누구보다 합리적인 사람이었으니까. 아마도 분명 다른 이유가 있을 것이다. 그리고 그 이유는 그녀가 예상했던 것보다 훨씬 놀라운 것이었다.

"그는 나와, 우리 사문과 관련이 있다."

이화운의 눈빛이 깊어지며 오 년 전 그날의 일을 말해주었다.


"화운 사형, 화운 사형!"

연무장을 가로질러 걸어가는 이화운의 뒤로 임하령이 숨을 헐떡이며 달려왔다. 임하령은 아직 어린 티를 벗지 못했지만, 이화운은 의젓한 청년이 되어 있었다.

"십삼회 소식 들으셨어요? 그들이 무림맹의 섬서지단까지 휩쓸었다고 합니다."

"들었다."

"이러다 무림맹이 그들의 손에 들어갈지도 모르겠습니다. 사부님 께서는 아무 말씀도 없으셨나요? 우리도 하산해서 무림맹을 도와야 하지 않겠습니까?"

"아직 아무 말씀이 없으시다."

"우리가 내려가면 놈들을 다 없애버릴 수 있을 텐데요."

"그건 모를 일이지."

이화운의 신중한 대답에 임하령이 들뜬 어조로 말했다.

"화운 사형은 이미 백호검법의 대성을 이루셨잖아요? 사형 혼자서 도 십삼회주를 없애버릴 수 있을 거라고요."

"하령아. 강호인이 가장 경계해야 할 것이 무엇이라더냐?"

임하령이 한풀 꺾인 목소리로 말했다.

"자만입니다."

이화운이 꾸짖듯 강하게 말했다.

"자만은 곧 죽음이다."

"네, 사형!"

임하령이 큰 소리로 대답했다.

자만이 죽음이라 했지만, 실제 강호인을 죽음으로 내모는 것은 습 관이다.

자만하는 습관. 게으름도 습관. 탐욕도 습관.

어떤 것에 맛을 들인다는 것은 실로 무서운 일이다.

아직 거기까지 이해하지 못할 사제였기에, 자만하지 말라는 말로 끝내는 것이다.

그리고 이때의 자신은 사부에게 따로 사신공을 모두 전수받은 상황이었다. 하지만 사부는 그 사실을 누구에게도 말하지 말라고 엄명을 내렸다. 임하령을 속이기는 싫었지만 어쩔 수 없었다.

"참, 이사형은 돌아오셨나요?"

"아직이다."

이사형인 곽풍이 하산한 지 석 달이 지났다. 보통 하산해서 한 달 이상을 넘기는 경우가 잘 없었기에 이화운은 내심 걱정이 되었다.

그때였다. 시종 하나가 숨넘어갈 듯 달려와 다급히 소식을 전했다.

"화운 사형, 큰일났어요. 이사형이, 이사형이 크게 다쳤어요!"

이화운과 임하령이 처소에 도착했을 때 곽풍은 침상에 누워 있었다. 그리고 사부인 추삼하가 먼저 와 있었다.

"이사형! 괜찮으세요?"

이화운의 다급한 물음에 곽풍이 미약하게 고개를 끄덕였지만, 한눈에도 그의 부상은 엄중해 보였다. 내상도 내상이지만 얼굴에 난 검상은 상처가 낫고 난 후에도 흉터가 크게 남을 것 같았다.

"어떻게 된 일입니까?"

이화운의 다급한 물음에 추삼하가 대신 대답했다.

"풍이는 괴한들의 기습을 받았다."

"대체 그놈들이 누굽니까?"

"복면을 쓰고 있어서 확인할 수 없었다고 한다."

임하령이 흥분해서 소리쳤다.

"감히 어떤 놈들이! 저희가 당장 하산해서 흉수를 찾아내겠습니다."

흥분한 그에 비해 이화운은 침착했다. 지금이나 그때나 그는 침착한 성격이었다.

하지만 곽풍을 향한 이화운의 눈빛에는 자신이 당한 것보다 더 큰 울분이 담겨 있었다. 사형제 중 자기를 가장 아껴주던 곽풍이었다. 가슴 깊숙한 곳에서 화가 치밀어 올랐다.

추삼하가 두 사람에게 말했다.

"풍이는 쉬어야 하니 너희는 이만 나가거라."

이화운은 더 있고 싶었지만, 사부님의 말을 거역할 수는 없었다.

두 사람이 인사를 하고는 밖으로 나왔다. 힘없이 터벅터벅 연무장을 걸어가던 임하령이 버럭 소리쳤다.

"십삼회 놈들의 소행이 틀림없어요!"

"왜 그렇게 생각하느냐?"

"이사형이 하산하기 전에 대사형과 말씀을 나누는 것을 들었어요. 그때 얼핏 듣기로 십삼회 이야기가 나왔어요. 그 일로 두 분의 언성이 높아졌고요."

"대사형과 이사형이 싸웠다고?"

"대사형은 십삼회와 얽히면 위험하다고 이사형이 하산하지 못하게 했어요. 이사형은 가서 무림맹을 도와야 한다고 했고요."

매사 신중한 대사형이었으니 당연히 그랬을 것 같았다. 그에 반해 이사형은 한번 해야겠다고 마음먹은 일은 반드시 해야 하는 성격이었다.

"난 다시 이사형에게 가봐야겠다. 사형에게 물어볼 것이 있다."

평소 곽풍과 이화운이 각별한 사이임을 잘 알았기에 임하령은 따라

붙지 않았다.

"사부님 가셨는지 잘 보세요. 괜히 혼나지 마시고."

"그래, 알았다."

이화운은 다시 곽풍의 숙소가 있는 별채 쪽으로 뛰어갔다. 이사형 같은 고수가 상대가 누군지도 모르고 당했다는 것이 이해가 되지 않았다. 분명 이사형은 뭔가를 알고 있을 것이다.

곽풍이 있는 방으로 발소리를 줄여 다가서는데 안에서 추삼하와 곽풍의 대화가 들려왔다.

"정말 누구 소행인지 모르느냐?"

잠시 사이를 두고 곽풍의 말이 흘러나왔다.

"천은문(天銀門)이라고 들어보셨습니까?"

"천은문? 금시초문이다."

"저를 공격한 것은 그들이었습니다."

"왜 그들이 너를 공격한 것이냐?"

"제가 그들을 조사하기 위해 파고들었습니다. 그들은 평범한 문파를 가장하고 있었지만, 수많은 정파의 협의지사들을 살해했습니다."

"무엇 때문에?"

"그들은 바로 십삼회와 관련이 있습니다."

십삼회란 말에 추삼하가 깜짝 놀랐다.

"그건 어떻게 알았느냐?"

"우연히 알게 되었습니다."

곽풍의 대답에는 힘이 없었다. 이화운은 그것이 부상 때문이 아님을 직감했다.

사형은 분명 뭔가를 알고 있다.

평소 곽풍과 대화를 많이 했기에 그것이 거짓말임을 알아차린 것이다.

이화운이 조용히 그곳을 벗어났다.

천은문과 십삼회. 사형이 감추고 있는 것은 대체 무엇일까?

이화운이 별채를 막 벗어나던 그 순간, 누군가와 부딪쳤다.

대사형인 백리철이었다. 소식을 듣고 급히 곽풍의 방으로 가는 중인 듯 보였다.

"이놈! 어딜 보고 다니는 것이냐?"

엉덩방아를 찧은 채로 이화운은 잠시 멍하게 그를 올려다보았다.

"대사형. 이사형이 다쳤습니다."

이화운의 목소리가 떨리고 있었다. 햇빛을 등진 백리철의 얼굴은 그늘져 그 표정이 보이지 않았다.


"그래서 어떻게 되었나요?"

설수린의 물음에 이화운이 다시 과거에서 현재로 돌아왔다. 설수린은 왜 곽풍의 얼굴에 그리 큰 상처가 났는지 이제 알 수 있었다. 바로 그날의 부상 때문이었던 것이다.

"며칠 후 난 사부님의 허락을 받지 않고 혼자 하산했다. 모두가 그냥 잊자는 분위기였어. 사부님도, 대사형도. 목숨을 구했으니 다행이라고 하셨지. 하지만 난 사형을 죽이려고 한 자들을 도저히 그냥 둘 수 없었지. 그땐 지금보다 어렸을 때였으니까. 감정이 앞서던 시기였지."

설수린은 문득 그때의 이화운이 궁금했다. 그 시절의 이화운이 보고 싶었다.

바로 그 순간, 설수린은 하나의 장면을 떠올렸다.


장면 속의 사내는 달리고 있었다.

이화운을 만날 때면 한 번씩 보였던 바로 그 장면이었다. 사내의 시점으로 보여줬던 바로 그 장면.

그런데 그 장면은 이제 이전과는 달랐다. 시점이 멀어지며 그녀가 사내의 몸 밖으로 나왔다. 비로소 시야는 객관화되었다.

설수린은 이제 그가 누군지 알 수 있었다.

그는 이화운이었다. 보고 싶었던 그 시절의 이화운이었다. 지금보다 앳된 시절의 그였다. 꽉 다문 그의 입술을 보는 순간, 그녀는 한 가지를 깨달았다.

아! 그래서였구나!

그녀는 알 수 있었다. 왜 지금까지 그의 모습을 객관적으로 보여주지 않았는지. 왜 그의 입장이 되어 움직였는지.

그는 일반적인 사람보다 정신력과 자의식이 훨씬 강했기에 그 장면을 객관적으로 떠올리지 못했던 것이다. 하지만 그는 이제 자신에게 마음을 열었고, 그 결과 떠올리는 장면을 객관적으로 볼 수 있게 되었다.

그는 내게 마음을 열었어.

그녀는 그 사실이 너무나 기뻤다.

앞서 봤던 장면이 처음부터 보였다.

좁은 복도를 걸어가고, 날아드는 암기를 튕겨내고. 달려가서 기관을 검으로 잘라 버리고. 방으로 들어선 이화운이 앞에 늘어선 열 명의 사내들을 해치웠다.

이미 한 번 봤던 장면이었기 때문일까? 장면이 빠르게 흘러갔다.

"네가 알고자 하는 것을 들으면…… 넌 반드시 후회하게 될 것이다."

방 안에 기다리고 있던 중년인, 이제는 그가 누군지 알 수 있었다.

그가 바로 곽풍을 해쳤던 천은문의 문주였던 것이다.

그리고 그녀가 미처 보지 못했던 곳에 이르자 거짓말처럼 장면이 느려졌다. 천은문주가 이화운의 검에 찔려 쓰러진 바로 그 순간, 동시에 그들의 대화 소리도 들렸다.

피를 울컥 흘리며 천은문주가 말했다.

"곽풍을 죽이라고 한 사람은……."

천은문주의 입가에 묘한 웃음이 스쳤다. 그리고 이어진 놀라운 한마디.

"바로 네 대사형이다."

"헛소리!"

이화운이 버럭 소리쳤다.

천은문주가 괴소를 흘렸다. 죽어가면서도 그는 지금 이 상황을 즐기고 있었다.

"내가 말했지? 대답을 들으면 넌 반드시 후회할 것이라고. 크크크."

이화운도, 이 장면을 지켜보는 설수린도 알 수 있었다. 그가 진실을 말하고 있음을.

"왜지?"

"그는 알아선 안 될 것을 알았으니까."

"그게 대체 뭐지?"

"네 사형에게…… 직접 물어봐."

그 말을 남기고 천은문주가 고개를 떨구었다.

피가 뚝뚝 떨어지는 검을 든 채 이화운은 한참을 말없이 서 있었다.

그가 말한 것을 믿을 수 없었다.

"아냐, 그럴 리가 없어. 절대 그럴 리가 없어."

혼란이 가득한 마음으로 이화운은 힘없이 그곳을 나갔다. 이화운은 그곳을 떠났지만, 장면은 그것으로 끝이 아니었다.

장막 뒤에서 누군가 걸어 나왔다. 이제 객관적으로 장면을 볼 수 있게 되었기에, 그녀는 그가 누구인지 확인할 수 있었다.

그는 바로 대사형 백리철이었다.

그의 입가에 진득한 미소가 지어졌다. 그리고 그것은 진정한 음모의 한가운데 우뚝 선 사람만이 지을 수 있는 그런 미소였다.


그것을 끝으로 장면이 사라졌다. 설수린이 한숨을 내쉬었다.

아마도 이 장면이 그들 모두의 삶을 바꿔 버릴 사건의 시작이었을 것이다.

대사형에 대한 그의 적의는 확실히 이해했다. 하지만 사부와는 왜 멀어진 것일까? 대체 이후에 어떤 일이 벌어진 것일까?

이화운은 그녀가 보았던 장면을 간단히 말로 설명해 주었다. 그녀

는 모른 척 그의 이야기를 들었다.

"대사형도, 천은문도 확실히 십삼회와 관계가 있었지."

"그렇다면 십삼회와 관련이 있었던 것이지, 만금장과는 관련이 없잖아요."

"나중에 알게 되었지. 천은문은 애초에 만금장에서 키운 조직이란 것을."

"아!"

그제야 설수린은 확실히 알 수 있었다.

결국, 만금장과 십삼회가 관련이 있었던 것이다. 그의 대사형 또한 그들과 얽혀 있었고.

결과적으로 이번 일의 배후에 대사형이 있으니, 만금장도 분명 연관이 되어 있다고 할 수 있었다.

"당신은 애초에 조금산이 이번 일과 연결이 되어 있는 줄 알고 있었군요."

이화운이 고개를 끄덕였다.

"처음에는 반신반의했었지. 당신 말대로 나 역시 이해되지 않았던 부분이 많았거든. 하지만 근래의 일들을 겪으면서 확신하게 되었지. 이번 일에 분명히 만금장이 개입되었다는 것을."

두 사람이 겪은 적들의 규모는 그냥 돈 많은 부자가 곳간을 털어서 해낼 수 있는 규모가 아니었다. 적어도 만금장 정도는 되어야 할 것이다.

설수린은 가만히 그를 쳐다보았다.

"솔직히 말해 줘서 고마워요."

이화운이 예의 그 멋진 미소로 대답을 대신했다. 이제 만금장이 개입한 것은 확실해졌다. 그렇다면 남은 것은 하나.

"정말 그를 상대할 건가요?"

그녀의 조심스러운 물음에 이화운이 천천히 고개를 끄덕였다.

\*            \*            \*

지하 뇌옥에서 밀담이 이뤄졌다. 호위들이 주위를 완벽하게 차단했기에 천무광과 제갈명은 안심하고 대화를 나눌 수 있었다.

"야율 선배가 임시 맹주가 되었습니다."

"그런가?"

천무광은 이미 그 결과를 예상하고 있었다. 야율강은 가장 정치적인 인물이었으니까.

전각주 사도명의 추천에, 마치 때를 맞춘 것 같은 만금장주의 등장.

그것으로 승부는 싱겁게 끝이 났다. 은근히 임시 맹주 자리를 노렸던 소염백은 전혀 야율강의 상대가 되지 못했다.

그나마 제갈명 자신이라도 강력하게 소염백을 지지하고 나섰다면 모를까, 제갈명도 순순히 결과를 받아들였다. 그들의 일을 반대하려고 이번 계획을 꾸민 것이 아니었으니까.

"야율강도 한패라 생각하나?"

제갈명은 쉽게 대답하지 못했다. 일단 지난 행보를 봤을 때, 야율강은 절대 맹을 배신할 사람은 아니었다. 정치적 야망과 배신은 분명 별개의 문제였으니까.

"그가 애초에 그들 편이라고는 절대 생각하지 않습니다. 하지만 어떤 이유로 포섭되었을 가능성은 분명 있습니다."

"빌어먹을!"

천무광이 이를 악물었다. 이번 일로 그는 몸의 상처뿐만 아니라 마음의 상처도 입었다. 놈들이 이렇게 턱밑까지 파고들 때까지 모르고 있었다는 것에 화가 났다.

"섣불리 원로원을 건드렸다간 뒷수습을 하기 어려울 것이네."

"문제는 원로원이 아닙니다."

"그게 무슨 말인가?"

"오늘 회의장에 만금장주가 왔습니다."

"만금장주가? 그가 왜?"

"맹주님의 소식을 듣고 달려왔다고 했습니다."

"그런가? 한데?"

그 순간 천무광은 제갈명이 하고자 하는 말을 짐작하고는 침울한 표정을 지었다.

"자네 설마?"

그 짐작이 맞다는 듯 고개를 끄덕이며 제갈명이 말했다.

"조 대인에 대한 조사를 허가해 주십시오."

이곳까지 오면서 고민하고 고민한 결과였다. 무림맹 총군사의 본능과 감을 총동원해서 내린 결론이었다. 조금산이 그들과 한패라는.

"그건 절대 안 되네."

천무광은 단호히 거부했다. 결론을 내린 다음에야 그보다 먼저 물었어야 했던 질문을 던졌다.

"대체 무엇 때문인가?"

천무광조차 그에 대한 성역(聖域)을 인정하고 있었다. 그리고 그 이전에 천무광과 조금산은 거의 한평생을 알고 지내온 친한 친구였다.

천무광은 크게 당황했다. 자신과 조금산과의 사이를 누구보다 잘 아는 제갈명이었다. 그런 그가 이런 말을 꺼냈다는 것은, 분명 어떤 수상한 점을 찾아냈기 때문일 것이다.

"지금까지 적들은 막대한 금력을 사용해 왔습니다. 분명 그 출처가 있었을 겁니다."

"그래서?"

"그가 의심스럽습니다."

"단지 그 이유 때문인가?"

설수린이 이화운에게 했던 질문이 이곳에서도 반복되고 있었다.

"물증은 없습니다. 하지만 모든 것이 짜 맞춘 것처럼 맞물려서 돌아가고 있습니다. 조 대인도 분명 그 한 조각이라고 확신합니다."

"그가 이번 일에 개입했을 리가 없네."

"왜 그렇게 확신하십니까?"

"그는 이미 다 가지지 않았는가?"

"맹주님 말씀대로 그는 천하를 사고도 남을 돈을 가지고 있지요. 하지만 한 가지는 가지지 못했습니다."

"그게 무엇인가?"

"권좌 말입니다. 맹주님께서 앉아 계신 바로 그 만인지상(萬人之上)의 자리 말입니다."

"······!"

천무광이 탄식을 내뱉었다. 제갈명은 더는 아무 말도 하지 않았다. 그도 생각을 정리할 시간이 필요할 테니까.

사실 조금산이 그들의 편으로 밝혀지는 순간, 두 사람의 앞날에 지옥이 펼쳐질 것이다. 그 정도로 강호에서 그의 영향력은 어마어마했다.

자신이 무림맹의 군사라 할지라도, 그의 한마디면 통째로 날아가 버릴 수 있었다. 청과 명이 막아내지 못할 암살자를 보낼 수도 있었다. 그만큼 조금산은 대단한 힘을 지닌 인물이었다.

한참 후 천무광이 무거운 침묵을 깼다.

"불가(不可)!"

천무광은 끝내 조금산에 대한 조사를 허락하지 않았다.

"자네 예감은 틀렸네."

의심조차 허용치 않는 덧붙임이었다.

"알겠습니다."

제갈명은 천무광을 이해했다. 그리고 새삼 느꼈다. 그는 자신이 생각한 것보다 훨씬 더 조금산을 두려워하고 있다는 것을.

자신이 모르는 어떤 것이 있을지 모르겠다는 생각이 들었다.

'그를 너무 키워 주었어.'

천무광이 맹주가 된 이후, 조금산의 만금장은 그야말로 날개를 달고 비상했다. 이제 만금장은 천무광조차 어쩌지 못하는 거대한 괴물이 되고 만 것이다.

"우선 야율강을 조사하겠습니다."

"그렇게 하도록."

"그럼 이만 물러가겠습니다."

공손히 인사를 하고는 제갈명이 그곳을 나갔다. 문을 열고 나가던 제갈명이 다시 뇌옥 쪽을 돌아보았다. 어느새 천무광은 처음 왔을 때의 그 넋을 잃은 모습으로 돌아가 있었다.

'적어도 이번 일에 맹주님이나 저에겐 천명(天命)이 없습니다.'

그는 안다. 이같이 큰 싸움에 천명이 없을 때, 그 싸움이 얼마나 어렵게 흘러가는지를. 끝을 모르는 싸움이 될 수밖에 없음을.

뇌옥을 나온 제갈명이 하늘을 올려다보았다. 쨍쨍한 햇살에 눈이 부셨다. 산 넘어 산이라더니, 진짜 조금산이라는 거대한 산이 모습을 드러냈다.

자신의 예감대로 그가 정말 놈들과 한패라면? 왜 강호 멸망이라는 엄청난 예언이 나왔는지 이제 확실히 알 것 같았다.

'우리에게 천명이 없다면……'

제갈명은 천천히 걸음을 옮기기 시작했다.

'천명을 받은 사람을 찾아가야겠지.'

第二章
천부

天下第一

"정말 우리가 그를 상대할 수 있을까요?"

설수린이 확인하듯 다시 물었다. 다른 사람도 아니고, 세상에서 가장 돈이 많은 사람을 상대하는 일이었다.

이화운이 미소를 지으며 고개를 끄덕였다.

그래, 이런 점이 이 사람의 장점이지. 조금산을 상대하려고 하면서도 이런 자신감이라니.

"좋아요. 한번 해 보자고요. 돈이라면 우리도 있을 만큼 있잖아요!"

"우리가 아니라 나겠지."

"그렇게 콕 집어서 기 꺾는 말씀은 마시고요."

그래, 한번 해 보는 거다. 그와 함께라면 조금산이 아니라 이 강호 전체가 덤빈다 하더라도 겁날 것 없다. 죽자고 덤볐을 때, 적어도 이 싸움은 조금산이 손해인 싸움이다. 그가 태산을 가졌다면 내가 가진 것은 티끌이니까.

설수린이 이화운을 보며 싱긋 웃으며 말했다.

"해 보자고요, 우리."

그때 밖에서 인기척이 들렸다.

창으로 내다보니 마당에 제갈명이 서 있었다.

설수린이 깜짝 놀라 밖으로 달려 나갔다.

"단주님?"

"상처는 어떤가?"

지하뇌옥을 나온 제갈명은 곧장 이화운의 숙소를 찾아온 것이다.

"견딜 만합니다. 와! 이거 영광인데요. 아프다고 직접 찾아와 주시고."

"당연히 와야지."

"그렇죠. 당연히 오셔야죠. 단주님의 심복(心腹)이 다쳤다는데."

설수린은 자해해서 제갈명을 맹으로 불렀다는 말을 꺼내진 않았다. 중요한 것은 그가 늦지 않고 돌아왔다는 사실이니까.

"선물은요?"

"무슨 선물?"

"아픈 사람 찾아오면서 빈손으로……."

순간 그녀의 눈빛이 가늘어졌다.

"어라, 그러고 보니 여긴 그 사람 집이잖아요?"

그러자 제갈명이 미소를 지었다. 그제야 설수린은 상황을 파악했다. 그녀가 눈을 동그랗게 뜨며 말했다.

"헐. 절 보러 오신 게 아니었군요!"

"겸사겸사. 자네가 여기 있을 줄 알았지."

멋쩍게 웃는 제갈명을 보며 설수린이 황당하다는 표정을 지었다.

"맙소사! 겸사겸사라니!"

"자네가 여기 있을 줄 알았다니깐."

"어떻게요? 반 각 전만 해도 전 제 숙소에 있었다고요!"

"아, 그랬나?"

제갈명이 머쓱한 표정을 짓더니 이내 호탕하게 웃었다.

"하하하."

"이거 그냥 웃고 넘길 일이 아니라고요."

그제야 제갈명이 소맷자락에서 무엇인가를 꺼냈다. 그가 그녀에게 내민 것은 금창약이었다. 금창약은 베인 데 바르는 약이었다.

"어? 이건?"

"흉 안 지기로 유명한 약이라던데."

그제야 설수린이 히죽 웃었다.

"알아요, 이 약. 이거 정말 비싼 건데."

"이래도 자넬 보러 왔다는 것을 못 믿겠나?"

"믿죠, 믿습니다. 역시 우리 단주님밖에 없습니다!"

그때 이화운이 집에서 나왔다.

"오셨습니까?"

진지해진 표정으로 제갈명이 말했다.

"우리 이야기 좀 할까?"

"들어오시죠."

집으로 들어가던 제갈명이 설수린을 돌아보며 말했다.

"자네도 들어오게."

"저도요?"

그렇게 세 사람이 집 안 탁자에 둘러앉았다. 호위를 맡은 청과 명에게 특별히 부탁했으니, 말이 새 나갈 걱정은 할 필요가 없었다.

이곳까지 걸어오면서 제갈명은 많은 생각을 했다.

역계략으로 상대를 일망타진하려던 계획은 조금산의 등장으로 어긋났다. 천무광조차 두려워하는 상대, 이제는 너무나 커져 버려서 어떻게 손을 댈 수조차 없는 거대한 괴물의 등장으로.

가만히 이화운을 응시하던 제갈명이 불쑥 생각지도 못한 말을 꺼냈다.

"자네, 이 강호를 위해 죽어줄 수 있겠나?"

이화운은 한 치도 망설이지 않고 대답했다.

"싫소."

설수린이 황당해하는 표정을 지었다. 두 사람의 관계를 생각할 때 제갈명의 질문은 억지였다. 하지만 그렇다고 하더라도 저렇게 빠르고 단호한 거절이라니? 두 사람은 한 술 더 떴다.

"그럼 무림맹을 위해 죽어줄 수 있겠나?"

"싫소."

"나를 위해서는 죽어줄 수 있겠나?"

"싫소."

마치 짜기라도 한 듯 질문도 대답도 망설임이 없었다.

그러자 이번에는 제갈명이 설수린을 쳐다보았다. 조금 전의 질문들을 눈빛으로 대신했다.

설수린이 어깨를 으쓱하며 대답했다.

"강호를 위해서도, 맹을 위해서도 죽기 싫은데…… 단주님을 위해서는 죽을 수 있습니다."

진심이었다. 그가 아니었다면 지금의 자신도 없을 것이니까. 그런 마음으로 항상 고마워하며 살아왔다. 그는 아버지였고, 인생의 스승이었으니까. 그래, 그를 위해서라면 기꺼이 죽어줄 수 있다.

"감격스럽군."

"그러셔야지요."

그녀의 당돌한 대답에 미소를 지으며 다시 제갈명이 이화운을 쳐다보았다. 그리고 진짜 묻고 싶었던 질문을 던졌다.

"그녀를 위해서 죽어줄 수 있나?"

그 질문에 설수린은 깜짝 놀랐다. 무슨 그런 질문을 하느냐는 말이 목구멍에서 탁 걸렸다. 이화운이 어떤 대답을 할지 그녀도 궁금했던 것이다.

제갈명과 설수린의 시선이 이화운에게 향했다. 잠시 후 이화운이 나직이 대답했다.

"싫소."

이화운의 대답에 설수린이 히죽 웃었다.

"그래도 고민하는 시늉은 하고 대답하시는군요."

다른 일도 아니고 목숨을 거는 일이니 어쩌면 당연한 대답이리라. 하지만 그럼에도 그녀는 조금 섭섭한 마음이 들었다.

만약 반대의 질문을 받았다면? 이화운을 위해 죽어줄 수 있느냐는 질문에 뭐라고 대답을 했을까?

어떤 대답을 했을지 확신이 서지 않았다. 적어도 싫다는 말이 저렇게 쉽게 나오지는 않았을 것 같다. 이거 왠지 손해 보는 느낌인데?

그때 이화운이 다시 입을 열었다.

"그녀를 위해서 죽어줄 수는 없지만, 그녀를 위해서 당신 부탁은 들어줄 수 있소."

잠시 사이를 두고 제갈명이 물었다.

"내가 강호를 위해 죽어 달라는 부탁을 하면?"

"그런 부탁을 하실 작정이시오?"

제갈명의 입가에 묘한 미소가 지어졌다. 그는 느낄 수 있었다. 이화운은 분명 그 부탁을 들어줄 것임을.

"짓궂게 왜들 이러세요?"

설수린의 얼굴이 괜히 붉어졌다.

"하하하. 미안하네. 괜히 장난을 쳐봤네."

설수린이 이화운을 쳐다보았다. 두 사람의 시선이 잠깐 마주쳤다.

정말 나를 위해서 어떤 부탁이라도 들어줄 수 있나요?

그녀의 눈빛에 담긴 질문에 대답하듯, 이화운은 시선을 돌리지 않았다. 눈빛은 그렇다고 대답하고 있었다.

설수린이 재빨리 제갈명 쪽으로 고개를 돌렸다.

"무슨 일로 오셨죠?"

한껏 진지해진 표정으로 제갈명이 본론을 꺼냈다.

"자네들 조금산이란 이름 들어봤겠지?"

조금산이란 말에 설수린이 내심 놀랐다.

"물론이죠. 강호인 중에서 그를 모르는 사람이 있겠습니까?"

"좋네. 단도직입적으로 말하지. 조금산을 조사해 주게. 그래서 그가 이번 일을 꾸민 자들과 한패란 증거를 찾아와 주게."

그 엄청난 임무에도 설수린은 내심 다행이란 생각이 들었다.

아! 단주님도 그를 의심하고 계셨구나. 역시 영민하신 분이시라니까.

"한데 이 중요한 일을 왜 직접 조사하지 않으시고요?"

"비영단에도 조금산의 세작이 있다고 생각한다."

그런 엄청난 말을 제갈명은 담담히 말했다. 사도명이 적으로 밝혀졌고 이제 조금산까지 의심스러웠다. 결국, 제갈명은 한 가지 원칙을 세워야 했다.

'아무도 믿지 않는다.'

그리고 맹주를 제외하고 그 원칙에서 벗어난 유일한 한 사람이 바로 설수린이었다.

"그리고 하나 알려줄 것이 있네. 조 대인을 조사하는 일은 공식적인 명령이 아니네. 이 명령 자체는 애초에 없는 명령이네. 만약 외부에 밝혀지면 난 그런 명령을 내린 적이 없다고 부인할 것이네. 따라서 지원도 없을 것이고, 일이 잘못되면 책임도 지지 않을 것이네."

설수린과의 관계를 생각하면 참으로 뻔뻔하고 매정한 말이었다. 그런 말을 해야 하는 것이 너무나 불편했지만, 공은 공이고 사는 사였다. 물론 설수린은 제갈명을 이해했다. 상대가 조금산이라면 어쩔 수 없는 일일 테니까.

이번에는 이화운이 물었다.

"그런데 왜 나요?"

맹에 와 있는 이화운은 둘이었다. 제갈명은 솔직한 자신의 마음을 드러냈다.

"그대에게 천명이 있다고 생각하니까."

제갈명은 눈앞의 이화운이 예언의 주인공이라고 결론을 내린 것이다.

이화운은 잠시 말없이 제갈명을 응시했다. 그는 정확히 자신의 의도대로 움직여 주고 있었다. 지금 이 순간, 설수린과 자신을 찾아온 것도 계획에 있던 일이었다. 그리고 그 계획에는 이것도 있었다.

"그렇다면 나를 위해 무엇을 해 줄 것이오?"

듣고 있던 설수린이 깜짝 놀랐다. 이화운이 저런 말을 할 줄은 예상치 못했던 것이다. 더구나 이화운은 제갈명의 부탁과는 상관없이 조금산을 상대하려고 하던 참이었다.

물론 제갈명은 그런 사실을 알 리 없었다.

"원하는 것이 있나?"

"있소."

"무엇인가?"

다짜고짜 찾아와 천무광까지 두려워하는 사람을 조사하라는 명령을 내리고 있었다. 제갈명은 자신이 들어줄 수 있는 것이라면 뭐든 들어줘야 할 입장이었다.

이화운이 담담히 대답했다.

"천부(天部)에 들어가게 해주시오."

제갈명이 깜짝 놀라 물었다.

"자네가 천부를 어떻게 알지?"

"강호에 비밀은 없는 법이지요."

두 사람 사이에 잠시 침묵이 흘렀다.

설수린은 제갈명의 반응에서 천부가 굉장히 중요한 곳임을 짐작할 수 있었다. 그리고 지금까지 한 번도 듣지 못한 것으로 볼 때, 그곳은 굉장히 비밀스럽고 은밀한 곳이 틀림없었다.

이윽고 제갈명이 침묵을 깼다.

"임무를 해내면 요구를 들어주겠네."

그러자 이화운이 단호히 말했다.

"먼저 넣어 주시오."

"안 된다면?"

"조금산은 직접 조사를 하셔야겠지요."

설수린은 이화운의 새로운 면을 보았다.

그는 절대 호락호락한 사람이 아니구나.

처음 봤을 때와 달리, 어느새 자기도 모르게 이화운을 편하고 좋은 사람이라 생각하고 있었다. 이렇게 만만하게 볼 사람이 절대 아닌데. 사람 관계란 것이 그렇다. 자신과 관계된 부분에만 집중하고, 자신에게 이로운 면만 보게 된다.

팽팽한 긴장감이 흘렀다. 하지만 애초에 이 줄다리기의 결과는 정해져 있었다. 절벽 끝에 몰린 사람은 제갈명이었으니까.

"좋네. 천부에 넣어 주겠네."

\*　　　\*　　　\*

그날 밤, 이화운과 제갈명은 무림맹 뒤편 숲에서 만났다. 두 사람 앞에 있는 통로는 바로 천부로 들어갈 수 있는 비밀 입구였다. 맹주와 자신 이외에는 아무도 알지 못하는 곳이었다.

천부.

천부는 무림맹의 금역(禁域)이었다.

오직 무림맹주만이 들어갈 수 있는 곳으로, 그곳이 중요하고 의미가 있는 이유는 그곳의 벽에 남겨진 글귀 때문이었다. 역대 맹주들은 자신이 겪은 인상적인 무공들을 그곳에 남겨 후대에 전했던 것이다.

그랬기에 천부에 적힌 무공들은 그 시대를 풍미하던 최고의 무공들이었다.

물론 그 무공을 익힐 수 있는 구결을 적어 둔 것은 아니었다. 그 무공에 대한 인상이나 느낌, 분위기나 약점 등을 적어둔 것이다. 어차피 오랜 세월이 지난 무공들이라 당대에 접할 수 있는 무공은 많지 않았다. 따라서 그곳에 들어간다고 해도 실질적으로 얻을 만한 것이 없는 곳이었다.

그렇기에 총군사의 권한으로 이곳에 사람을 들이는 것이 불가능한 일은 아니었다. 그럼에도 이 행위가 큰 문제가 되는 것은 맹주와 관련이 있어서였다. 오직 맹주만 들 수 있는 곳이었으니까. 이 사실이 밝혀지면 비영단주에서 물러나야 하는 것은 물론이고 뇌옥에 갇혀야 할지도 모를 일이었다.

하지만 지금 제갈명은 이것저것 가릴 여유가 없었다.

"대신 딱 두 시진이네."

"고맙소."

이화운을 넣어 주면서도 제갈명은 궁금했다.

'그는 왜 이곳에 들어가고 싶어 하는 것일까?'

제갈명이 볼 때 이화운은 생각 없이 행동하는 부류가 아니었다. 뭔가 있기에 움직이는 것일 텐데. 아무리 생각해도 그 이유를 알 수 없었다.

"그럼 두 시진 후에 뵙겠소."

"이곳에서 기다리고 있겠네."

이화운이 안으로 들어갔다.

그는 좁은 통로를 따라 천천히 걸어 들어갔다. 길은 외길이었고, 침입자를 방비하는 기관 장치는 작동하지 않았다. 애초에 기관 장치 자체가 없는 것 같았다.

그렇게 얼마나 걸었을까?

큰 공간이 나타났다. 그리고 사방 벽에 글이 적혀 있었다.

이화운이 이곳을 찾은 이유는 아주 오래전, 대사형에게 들었던 말 때문이었다. 대사형은 천부의 존재에 대해 알고 있었다. 천부가 어떤 곳인지 알려주며 그때 대사형이 이런 말을 했다.

"천부에 우리 사신공에 관해 적혀 있지 않을까? 만약 그렇다면 어떤 말이 적혀 있는지 궁금하군."

이화운은 그 말을 들었던 것을 잊고 있었다. 하지만 이번에 검혼을 흡수한 후, 한 단계 더 발전하고 싶다는 열망을 느끼며 그 말을 기억해 냈다.

어쩌면 천부에 다섯 번째 무공에 대한 단서가 적혀 있지 않을까?

이화운이 천천히 벽의 글귀를 읽었다. 사신공이 어디에 적혀 있는지 모르니, 처음부터 읽어나가야 했다.

무림맹이 생긴 이래, 강호를 휩쓸었던 무공들이 모두 적혀 있었다.

일검에 해를 잘라냈다는 전설의 낙일검(落日劍)도 있었고, 삼백 년 전 무적의 도법이라 알려진 사령도법(死靈刀法)에 대한 글도 있었다.

그야말로 그곳에 적힌 글들은 강호의 역사였다. 그것도 최고의 경지에 이른 무공들의 역사.

그리고 글을 읽어가기 시작한 지 반 시진쯤 지났을 때 이화운은 비로소 찾고자 한 글을 발견했다.

정말 천부의 벽에는 대사형의 말처럼 사신공에 대한 글도 적혀 있었다. 벽에 적힌 그것은 지금부터 삼백 년 전, 당시의 무림맹주였던 양백천(羊伯天)이 남긴 글이었다.


내게 도전해 온 그는 자신을 사신공의 십칠 대 전수자라고 소개했다.

사신공은 천산(天山) 비호봉(飛虎峰)에 살던 신선이 만든 무공이라 했는데 솔직히 처음 그 말을 들었을 때, 내심 그를 업신여기는 마음이 들었다. 감히 나 양백천 앞에서 신선 타령을 하면서 무공 자랑을 하다니.

하지만 그의 무공을 직접 겪고 나자, 나는 내 오만함을 크게 반성했다. 천외천(天外天)이라고 했던가? 그의 사신공은 그야말로 하늘 밖의 하늘이었다.

그는 네 가지 무공을 번갈아 보였는데, 검과 도, 창과 권에 일가를 이룬 실력을 보였다. 그 각각의 무공이 나의 무공과 맞수를 이룰 정도였다.

하지만 내가 이곳에 남겨 후대에 전하고자 하는 것은 그 네 무공이 아니다. 그가 마지막에 보여준 다섯 번째 무공을 말하고자 함이다.

네 개의 무공이 합쳐져 탄생했다는 다섯 번째 무공.

천부 51

난 그 무공에 고작 십구 초식만에 패했다. 마지막 순간 그가 내력을 거둬들이지 않았다면 난 그 비무에서 목숨을 잃었을 것이다.

정녕 엄청난 무공이었다.

감히 장담하건대 당대는 물론이고 강호 역사를 통틀어 그 무공을 상대할 무공은 몇 개 없을 것이라고 장담한다.

그는 무공을 보여준 후, 홀연히 사라졌다. 이후 이십여 년이 지나 노부가 이 글을 남길 때까지 소식을 듣지 못했으니 아마 그는 두 번 다시 강호에 나서지 않았을 것이라 추측된다. 하지만 나 양백천은 오만했던 지난날을 반성하며 이 글을 후대에 남겨 세상에 그런 무공이 있었다는 것을 전하노라.

적힌 글은 거기까지였다. 사신공을 어떻게 익히는지에 대한 이야기는 나와 있지 않았다.

이화운이 몇 번이나 반복해서 글을 읽었다. 그리고 그 글에서 가장 중요한 부분을 찾아내었다.

천산, 비호봉

사신공이 탄생한 바로 그곳이었다. 사신공의 원류가 천산이었다는 것은 아마 사부님도, 대사형도 모르는 사실이었던 것 같다.

그것을 알아낸 것만 해도 큰 수확이었다. 이화운은 이번에 조금산의 일을 처리하면 천산 비호봉을 한번 찾아가 봐야겠다고 마음먹었다. 천산은 이곳에서 쾌속보로 밤낮으로 달리면 오 일 거리였다.

그곳에서 다섯 번째 무공의 비밀을 풀 수 있기를 바랄 뿐이다.

약속한 두 시진에서 아직 시간이 남았기에 이화운은 나머지 글들도 읽었다. 별것 아닌 것 같았지만, 맹주들이 겪었던 최고의 승부들에 대한 소감은 이화운에게 큰 도움이 되었다.

이화운은 눈을 감고, 자세히 설명된 싸움을 장면으로 그려 보았다. 어떤 싸움은 선명히 떠올랐고, 또 어떤 싸움은 아예 감이 오지 않았다. 왜 감이 오지 않는지를 생각했고, 그 과정은 다시 이화운에게 배움이 되었다.

세상사 이치가 아는 만큼 보인다고 했다. 그건 무공에 있어서도 마찬가지였다. 초절정 중에서도 초절정에 이른 이화운은 역대 맹주들이 남긴 한 마디 한 마디에서 새로운 무리(武理)를 깨달았다. 지금 당장 그 모든 것을 녹여낼 수는 없겠지만, 언젠가 자신에게 큰 도움이 될 것임을 확신할 수 있었다.

그렇게 약속한 두 시진이 지나고 이화운이 천부를 나섰다.

처음 그 입구에 제갈명이 기다리고 있었다.

"찾아야 할 것은 찾았나?"

이화운이 고개를 끄덕이며 말했다.

"고맙소."

이화운의 대답에 제갈명은 내심 궁금했다.

'대체 그는 저 안에서 무엇을 찾아낸 것일까?'

애써 궁금함을 감추며 제갈명이 담담히 말했다.

"다행이군. 이 사실은 영원히 없던 일이네. 자, 이제 자네가 내 부탁을 들어줄 차례군."

＊　　＊　　＊

그날 오후, 마차 한 대가 객잔 앞에 멈춰 섰다.

마차에서 내린 사람은 노인과 젊은 여인이었다. 두 사람이 객잔으로 들어섰다.

그리고 노소가 들어간 객잔 건너편 또 다른 객잔에 이화운과 설수린, 그리고 전호가 앉아 있었다. 이 층 창가에 앉았기에 길 건너 상황이 훤히 보였다.

"저 사람이 조금산이라고요?"

설수린이 놀라서 묻자 이화운이 고개를 끄덕였다.

"그럼 저 옆의 여인은 누구죠?"

"그의 손녀인 조수아(曹洙娥)다. 그는 이번에 무림맹을 방문하면서 손녀를 데리고 왔다."

"예쁜데요?"

설수린의 말처럼 조수아는 아름다운 여인이었다. 다행스럽게도 그녀는 못생긴 조금산을 조금도 닮지 않은 것이다.

"조금산이 목숨보다 소중히 여기고 있지."

"그녀의 부모는요?"

"두 사람 모두 일찍 죽었어."

"저런."

자식이 죽고 하나 남은 손녀. 정말이지 그 애틋함은 이루 말할 수 없을 것이다.

그녀의 시선이 다시 한 번 조금산을 향했다. 그는 조수아를 보며 소탈

한 웃음을 짓고 있었다. 정말이지 믿기지 않았다. 저 평범한 노인이 그런 엄청난 야욕을 가지고 있다는 것이. 하긴 저 노인이 조금산이란 것도 믿기지 않는다.

"그 조금산이 호위 하나 달랑 데리고 밥을 먹으러 왔다고요?"

마차를 몰던 사내가 두 사람이 앉은 자리에서 조금 떨어진 곳에 앉아 있었다. 한 눈에도 범상치 않은 기도가 느껴지는 고수였다.

"호위는 한 명이 아니야."

"네?"

이화운의 말에 그제야 그녀는 주위에 또 다른 이들이 은신하고 있음을 알 수 있었다. 그녀가 바로 알아차릴 수 없을 정도로 대단한 은신술의 고수들이었다.

"하긴. 그럴 리가 없죠. 한데 한 가지 궁금한 점이 있어요."

"뭐지?"

"조금산이 당신의 대사형과 손을 잡았다면, 저 조금산은 당신에 대해 알고 있지 않을까요? 대사형이 당신을 조심하라고 그에게 경고했을 수도 있고."

그러자 이화운이 고개를 내저었다.

"그러지 않았을 거야."

"왜죠?"

"사형의 방식이 아니니까."

큰 승부일수록, 혹은 중요한 거래일수록 대사형은 결코 자신의 패를 노출하지 않는 사람이었다. 설령 그것이 버려야 할 패일지라도.

대사형이 자신을 죽이려 들 수는 있다. 하지만 조금산에게 자신에 대해 시시콜콜 말하진 않았을 것이다. 그것이 바로 대사형이란 사람의 본질이었다.

두 사람이 대화를 나누는 사이에도 전호는 아무 말이 없었다.

그는 입을 삐죽 내민 채 고개를 숙이고 있었다. 그는 객잔에 들어온 이래, 한마디도 하지 않고 있었다.

"왜 말이 없어?"

"그냥요."

"추 소저랑 싸웠어?"

"앱니까? 싸우게."

"어디 애라서 싸우겠니? 그럼 왜?"

"……."

"어서 말 못 해?"

전호가 머리통을 부여 쥐며 탄식하듯 말했다.

"상대가 조금산이라고요. 조금산. 그냥 여기에 제가 없었으면 좋겠어요. 강호가 멸망해 버렸으면 좋겠어요."

그제야 설수린이 미소를 지었다. 농담처럼 말했지만, 진담도 반쯤은 들어가 있음을 잘 알았다.

"그러게. 나도 상대가 홍금산이나, 진금산이었으면 좋겠다."

"그걸 지금 농담이라고 하시는 겁니까?"

"미안. 나도 답답해서 그랬어."

물론 그녀는 그렇게까지 답답하지 않았다. 이화운을 믿는 마음이 컸으니까. 만약 이화운이 아니었다면 전호와 마찬가지의 심정이었을 것이다.

"전 차기 신화대주 후보감 정도로 살고 싶다고요."

"큰 시련을 이겨내야 비로소 대주가 될 수 있지."

"본인이 겪지도 않은 것을 강요하지 마시라고요!"

"혹시 알아? 조금산이 박봉에 고생한다고 돈이라도 쥐어 줄지?"

"행여나요? 그런 사람이라면 그런 큰돈 못 모았죠."

갑자기 설수린이 진지하게 말했다.

"그만 돌아가."

"네?"

"진심이야. 사실 애초에 널 데려올 마음은 전혀 없었어. 하지만 네게 아무 말도 없이 조금산을 상대하다 내가 죽게 되면…… 네게 큰 상처가 될까 봐. 그러면 넌 분명 날 원망할 거야. 하지만 난 진심으로 네가 돌아가길 바란다. 돌아가서 평범한 무인으로 살아."

"……"

"……어색했어?"

"아주 많이요. 눈도 겁나게 깜빡였고요."

그녀가 진지한 표정을 풀며 장난스럽게 말했다.

"이놈아! 죽어도 같이 죽어야지!"

"암요, 이런 말이 대주님 대사죠."

지켜보고 있던 이화운이 미소를 지었다.

건너편 객잔을 향하는 전호의 얼굴에서 장난기가 사라졌다.

"제가 알아본 바로는 조금산의 주위에는 일곱 명의 무인이 지키고 있습니다. 저기 보이는 한 사람 외에 여섯 명이 은신하고 있다는 말씀이지요. 무공 수위는 알려지지 않았지만, 초절정으로 예상됩니다."

"언제 조사했어?"

"전 대주님처럼 아무 대책 없는 사람이 아니라고요! 어쨌든 강호인이 삼십 보 이내에 들어서면 일단 경고를 날리고, 경고를 무시하고 이십 보 이내로 들어서면 상대가 누구든 그대로 죽여 버린다고 알려졌습니다."

"무시무시하군. 한데 정말 누구라도 죽여?"

"그런답니다. 어차피 뒷일은 돈으로 해결하겠지요."

"젠장. 너무하는군."

"원래 그가 타고 다니는 마차도 맹주님이 타시는 철갑마차보다도 더욱 튼튼하게 개조된 마차라고 합니다. 마차에서 내리지 않는 한, 절대 안에 있는 사람을 죽일 수 없다고 알려졌지요. 그것 하나만 봐도 그에 대한 호위가 얼마나 대단한지 알 수 있습니다."

겁이 난다고 의기소침한 척하고 있었지만, 조사할 것은 이미 다 조사한 전호였다.

"든든하다, 내 오른팔."

"제발 잘라내시고 이번은 외팔이로 작전을 펼쳐주시길."

피식 웃은 후 설수린이 이화운에게 물었다.

"근데 우리가 필요한 것이 뭐죠?"

"증거지. 조금산이 놈들과 관련이 있다는 증거."

이화운의 말에 전호가 나섰다.

"조금산이 바보도 아니고 그런 증거를 남겼겠어요?"

전호가 그녀의 말을 거들었다.

"그러게요. 증거가 있을 리 없습니다."

설수린은 가슴이 답답해졌다. 사도명이든, 섬서의 이화운이든 서로 연락하지 않는다면 대체 어떻게 조금산이 그들과 관련된 것을 알아낼 수 있단 말인가? 가까이 가기도 힘든 상대인데.

하지만 이화운의 생각은 두 사람과 달랐다.

"그는 틀림없이 증거를 남겼을 거야."

"네? 왜 그렇게 생각하시죠?"

"그는 분명 대사형과 엄청난 거래를 했을 거야. 수십 년간 사귀어온 친우를 배신해도 좋을 그런 무엇인가를 약속했겠지. 그런 중요한 거래를 하면서 그냥 구두 약속만 했을까?"

"계약서 같은 것이 있다는 말씀인가요?"

"반드시. 없을 이유가 없지."

"그건 왜죠?"

"계약서가 아니라 무엇이라도 그는 그것을 지켜낼 자신이 있을 테니까."

"아!"

그제야 설수린은 이화운이 한 말을 확실히 이해했다. 맞는 말이란 생각이 들었다. 누가 감히 그가 숨기려 한 것을 빼앗을 수 있겠는가?

"그렇다면 그걸 찾아야겠군요."

"그래야겠지."

"사실은 찾고 나서가 더 문제겠지요."

그녀가 한숨을 내쉬었다. 전각주가 악당인 상황에서 조금산마저 그와 한패로 밝혀진다면? 증거가 있다고 조금산을 단죄(斷罪)할 수 있을까? 그와 돈으로 얽힌 수많은 강호인이 과연 그가 당하는 것을 지켜보고 있을까?

"그건 나중에 생각할 문제다."

이화운의 말에 설수린이 고개를 끄덕였다. 그래, 미리 걱정해 봐야 아무 소용없는 일이었으니까.

"그 증거가 어디에 있을까요? 비밀 금고를 찾아야 할까요?"

설수린의 말에 전호가 고개를 내저었다.

"근처에도 갈 수 없을 겁니다."

"그렇겠지? 한데 그의 집은 어디에 있지?"

"그의 집은 이곳 무림맹에서 한나절 거리에 있습니다."

"그렇게 가까이 있었어?"

"조금산에게 무슨 일이 있으면 곧장 도우러 가야 하니까요."

"한마디로 맹의 무인들이 그의 사병(私兵)이로군."

"사병은 그도 엄청나게 거느리고 있지요. 차라리 무림맹은 장벽이나 방파제란 말이 더 정확할 겁니다. 외부의 큰 적을 막아주는. 하지만 그에 대해 불만을 제기할 수 없죠. 무림맹은 그에게 엄청난 액수를 지원받고 있으니까요. 심지어 맹주전보다 조금산의 거처가 더 큰 규모라고 합니다."

"그곳 어딘가에 비밀 금고가 있겠군."

"아마 그렇겠지요."

설수린이 이화운에게 물었다.

"무영신투를 불러야 할까요?"

잠시 사이를 두고 이화운이 고개를 끄덕였다.

"어쩌면. 하지만 아무리 그라고 해도 그냥 들어가서는 성공하지 못할 거야."

아직 조금산의 집이 털렸다는 이야기를 들어본 적이 없었으니까.

그를 지키는 비밀에 싸인 일곱 명의 초절정 고수.

이화운 자신이라도 그 일곱 명이 합공한다면 막아낼 수 있다고 장담할 수 없었다. 그런 고수들이 단 일곱 명만 있을까? 아닐 것이다. 조수아주위에도 있고, 그의 집에도 분명 있을 것이다.

이화운뿐만 아니라 설수린도, 전호도 갑갑한 심정이었다.

저 멀리 보이는 조금산과 조수아의 모습을 잠시 멍하게 응시하던 설수린이 눈을 반짝였다.

"아! 방법이 있어요!"

머리를 스치듯 그럴듯한 생각이 떠오른 것이다. 분명 가능성이 있는방법이었다.

"우린 전호가 필요해요."

뭔가 심상찮은 느낌에 전호가 재빨리 말했다.

"전호는 멀리 떠났어요. 위험이 없는 곳으로. 두 번 다시 조금산이 있는 곳으론 오지 않겠다는 말을 남기고요."

"그럼 전해. 전호가 가장 잘할 수 있는 일이 생겼다고."

"뭔데요, 그게?"

"미남계(美男計)."

이화운과 전호는 그제야 설수린의 뜻을 이해했다. 조수아를 파고들어서 조금산에게 접근하자는 것이었다.

전호가 희미한 미소를 지었다.

"전호 여기 있어요."

"돌아왔어?"

"전 언제나 대주님 옆을 지키고 있지요."

"해볼 만하겠지?"

전호가 고개를 끄덕였다. 분명 자신이 필요한 일이었고, 조금산에게 접근할 수 있는 가장 쉽고 빠른, 그리고 현실적인 방법이란 생각이 들었다.

"강호 최고의 적임자를 제대로 찾으신 거죠."

"최고의 조언자를 찾은 것이겠지."

"무슨 말씀이신지?"

그녀가 이화운을 힐끗 보았다.

"이번 일은 저 사람이 할 거니까."

전호는 물론이고 이화운도 깜짝 놀랐다.

"이번 일은 저 사람이 해야 해. 너무 위험해."

"절 너무 무시하는 것 아닙니까?"

"그야 네 연기가 워낙 형편없어서지."

"대주님께 그런 이야기 듣고 싶지 않다고요."

설수린이 조금 진지해졌다.

"그래, 너 무시하는 것 맞아. 그러니까 이번에는 무시 좀 당해 줘."

그녀가 이화운을 쳐다보았다.

"이번 일은 당신이 해야 해요. 당신이 해 주세요."

이화운이 어떻게 받아들일지 긴장되었다. 괜히 전호만 아끼는 것으로 보일까 신경도 쓰였다. 하지만 조금산을 상대하는 일에 전호를 내보낼 수는 없었다. 이건 누가 더 소중하고의 문제도 아니었다.

이화운이 고개를 끄덕이며 흔쾌히 대답했다.

"그래. 내가 하지."

물론 전호에게 시키고 외부에서 지켜 줄 수도 있었다. 하지만 강호의 일이란 언제든 변수가 생기기 마련이다. 이런 일의 변수는 곧 죽음으로 이어질 것이다. 그녀가 자신에게 직접 하라는 이유도 그런 변수를 누구보다 잘 알기 때문이리라.

조금산의 유일한 핏줄에게 접근하는 일이었다. 그것도 눈에 넣어도 아프지 않을 손녀였다. 그녀에게 얼마나 대단한 호위가 붙어 있을지는 보지 않아도 알 수 있었다. 시도가 실패했을 때 그의 분노도.

이화운이 기꺼이 대답한 것도 전호를 위한 마음임과 동시에 그녀를 위한 것이기도 했다. 설수린이 얼마나 전호를 끔찍이 생각하는지 잘 알았기에. 아예 다른 방법을 찾거나, 아니면 자신이 직접 해야 했다.

다만 이화운이 걱정하는 것은 그 일이 위험해서가 아니었다.

"과연 내가 할 수 있을까?"

순수하게 그 역할을 해낼 수 있을까란 걱정. 과연 그녀를 유혹해서 조금산에게 접근할 수 있을까?

설수린과 전호가 동시에 대답했다.

"네! 할 수 있어요."

"아뇨. 절대 못해요."

第三章

미남계

天下第一

전호는 이화운의 미남계에 부정적이었다.

"안돼요, 힘들다고요."

"저 사람을 무시하지 마."

"무시하는 게 아니고요. 정말 어렵다고요. 여자를 유혹하는 기술을
너무 우습게 여기시는 것 같은데요. 신비스러운 눈빛만으로 될 일이
아니라고요."

"우습게 여기지 않아. 우리에겐 비장의 한 수가 있거든."

"뭔데요?"

"너."

"네?"

"네가 연출하고 조언하는 거야. 네가 있으니까 가능한 일이지. 결

국, 널 믿어서야."

"……."

"이번에는 먹혔어?"

"아뇨. 하지만 방법이 없네요. 그래요. 한번 해 보죠. 까짓 실패해 봐야, 이 공자가 죽겠지요."

"암. 우리 목숨은 안전하니까. 그러니 걱정하지 말자고."

둘의 대화에 이화운이 어이없어하는 표정을 지었다.

"오랜만이네요, 그 표정."

설수린의 말에 결국 이화운은 피식 웃고 말았다.

이런 분위기를 만들어주는 그녀가 고마웠다. 괜히 눈치 보고 미안해하고. 그런 분위기는 딱 질색이니까.

"조금산에 대해 조사한 것, 이리 주십시오."

전호의 말에 이화운이 품에서 정보 상인 서공찬의 손을 거친 서류를 내놓았다.

전호가 그것을 꼼꼼히 읽었다. 특히 조수아 부분은 몇 번이나 반복해서 읽었다.

그리고 가만히 눈을 감고 생각에 잠겼다. 잠시 후, 뭔가 작전을 떠올린 그가 눈을 번쩍 떴다.

"역시 조수아의 성격은 자존심 강하고 도도하군요."

"어디 도도하기만 하겠니? 세상에서 가장 돈 많은 사람을 할아버지로 두고 있는데."

잠시 고민하던 전호가 눈빛을 반짝였다.

"단번에 그녀의 인상에 남으려면……."

전호가 설수린을 쳐다보았다.

"대주님 도움도 필요하겠습니다."

"얼마든지."

당당히 말했지만, 그녀는 살짝 당황했다. 역시 이화운과 같은 이유 때문이었다.

"그런데 나 잘할 수 있을까?"

"잘할 수 있어요."

"어찌 그리 확신해? 너 내 연기 안 믿잖아?"

"이 공자와 하는 연기니까요."

"뭐?"

둘이서 하는 연기라면, 그게 어떤 식으로 흘러가든 분명 힘을 발휘할 것이다.

전호가 이화운 미남계의 시작을 알렸다.

"이제부터 두 분, 제가 하는 말을 잘 들으세요."

*      *      *

식사를 마쳤을 때, 조금산이 불쑥 조수아에게 말했다.

"산동(山東) 쪽 사업을 네게 맡기려고 한다."

조금산의 말에 조수아가 깜짝 놀라며 기뻐했다.

"정말이세요? 할아버지?"

그녀는 지금까지 후계자 수업만 계속해 오고 있었다. 유능한 스승들이 필요한 것들을 가르쳤다. 만금장을 운영하는 데 필요한 모든 것을 배우고 있었다. 그리고 이제 실제 사업을 그녀에게 맡기려는 것이다.

"저 열심히 할게요. 정말 잘할게요."

"그리고 외부에는 내 손녀인 것을 알리지 않을 작정이다."

"당연하지요."

그녀는 오히려 잘된 일이라 생각했다. 자신의 능력을 멋지게 선보일 기회가 온 것이다.

그녀는 자신이 있었다. 지금까지 최고의 교육을 받아왔고, 비슷한 또래와는 비교할 수 없을 정도로 우수한 성적을 거두었다. 그리고 무엇보다 그녀는 혈통을 믿었다. 할아버지의 핏줄을 물려받은 이상, 절대 실패하지 않을 것을 자신했다.

'우월한 핏줄은 있는 법이거든.'

그녀는 세상의 중심이었고, 그렇게 자라왔다.

그녀가 배우는 모든 것은 두 가지를 잘 다루기 위한 것이었다.

바로 돈과 사람이었다.

조금산은 그 두 가지를 잘 다루어야만 부자가 될 수 있다고 믿었다.

환하게 웃고 있는 그녀를 보며 조금산이 미소를 지었다. 분명 그녀는 실수하고 깨어질 것이다. 이론으로 배운 것과 실제 사업과는 하늘과 땅만큼의 차이가 있으니까.

그렇게 하나둘씩 배워 나가다 보면 언젠가는 자신의 모든 재산을 물려받을 능력을 갖추게 될 것이다. 그녀가 올해 산동이 아니라 중원 전체 사업을 다 말아먹어도, 만금장이 망하는 일은 절대 없었다. 만금장은 그 정도까지 성장했다. 아무리 돈을 낭비해서 탕진하려 해도, 들어오는 돈이 더 많은. 바로 지금 이 순간에도 중원의 수없는 사업장에서 수천 냥의 돈을 벌어들이고 있을 테니까. 일부러 망하고 싶어도 망할 수 없다.

"참, 맹주님은 어떠세요?"

그녀의 물음에 조금산은 침울한 표정을 지었다.

"좋지 못하단다."

"그렇군요."

조수아가 조심스럽게 물었다.

"임시 맹주는 야율 할아버지가 되셨다고요?"

조금산이 고개를 끄덕이며 대답했다.

"그라면 잘해낼 것이다."

조수아가 미소를 지었다. 그녀는 할아버지와 야율강의 친분이 깊다는 것을 잘 알고 있었다. 그리고 천무광보다 그를 이용하기 더 쉽다는 것도.

'이제 우리 가문은 더욱 날개를 달고 날아갈 수 있겠군.'

그리고 언젠가 그 날개는 자신의 어깻죽지에서 힘차게 펄럭댈 것이다.

*　　　*　　　*

객잔에서 나온 조수아는 인근 다루에 앉아 차를 마시고 있었다. 할아버지는 강호 명숙들을 만나러 갔고, 그녀는 본격적인 사업을 시작하는 기쁨을 즐기고 있었다.

그녀와 조금 떨어진 곳에 삼십 대의 중년 여인이 앉아 있었는데, 앉은 자세나 뿜어내는 기도로 볼 때 초절정에 이른 고수였다.

그녀의 이름은 난화(鸞花)로, 바로 조수아를 지키는 세 명의 고수 중 한 명이었다. 나머지 두 명은 보이지 않는 곳에서 은신한 채 그녀를 지켰다. 언제나 외부에 모습을 드러내는 사람은 난화였다.

조금산은 일곱이, 조수아는 세 명의 고수가 지키고 있는 것이다. 셋이라 해도 그 경지가 초절정에 이른 이들이었다.

조수아가 난화를 보며 말했다.

"할아버지가 드디어 내게 사업을 맡기셨어."

"감축 드립니다."

"내가 이날을 얼마나 기다렸는지 모를 거야."

"아가씨께서는 멋지게 해내실 겁니다."

"앞으로 날 많이 도와줘야 해."

"목숨을 바쳐 충성을 다하겠습니다."

그때 다루로 사내 하나가 걸어 들어왔다.

조수아와 자연스럽게 눈이 마주친 그는 바로 이화운이었다. 이화운은 조용히 걸어가 그녀와 조금 떨어진 곳에 앉았다.


　　―들어가면 일단 눈을 한 번 마주치고 난 후 그녀를 등지고 앉아요.

　출발 전 전호의 조언이었다.

　　―왜 그래야 하지?

설수린의 물음에 전호가 대답했다.

―왜긴요. 무관심 작전이죠.

―에개? 그런 유치한 방법에 넘어간다고?

설수린의 불신에 전호는 확신했다.

―유치하기 때문에 넘어가죠. 오히려 사람들은 대단하고 굉장한 일에는 예상외로 잘 넘어가지 않아요. 왠지 아세요?

―왜지?

―그런 일에는 생각이 많아지거든요. 하지만 단순하고 유치한 것에는 생각을 많이 하지 않지요. 그리고 상대는 평생을 공주처럼 자란 여자입니다. 반드시 걸려들게 되어 있어요.


어쨌든 전호의 추측은 정확했다.

조수아가 이화운을 슬쩍 쳐다보며 관심을 보인 것이다.

'내게 등을 지고 앉아?'

왠지 자존심 상하는 일이었다. 자신의 신분을 모른다 하더라도, 사내들은 항상 자신을 향해 앉았다. 그리고는 힐끗거리며 자신을 훔쳐보았다. 그녀는 미녀를 향한 사내들의 시선을 즐겼다.

이화운에게 다루의 점원이 다가왔다.

"무슨 차를 드릴까요?"

"벽라춘(碧螺春)으로 주시오."

"알겠습니다."

벽라춘은 강소성의 동정산(同庭山)에서 생산되는 명차로 조수아가 즐겨 마시는 차였다. 그 역시 조사 내용에 있었는데, 이화운은 작은 것 하나 놓치지 않고 있었다.

한편 난화는 조수아와는 다른 이유로 이화운을 살피고 있었다.

'고수다.'

난화는 이화운의 실력을 알아보았다. 사실 이화운의 실력은 그녀보다 훨씬 뛰어났다. 감추려 들면 무공을 익히지 않은 것처럼 감출 수도 있었다.

하지만 이화운은 일부러 무공을 감추지 않았다. 어차피 그녀에게 접근하면, 조금산이든 그녀든 자신을 조사하게 될 것이다. 자신이 맹주의 손님인 것과 무림맹까지 오면서 살수들의 암습을 피한 것까지 알아낼 것이다.

그것이 아예 무공을 감추지 않은 이유였다. 대신 실력의 반의반도 드러내지 않았다. 그것만 해도 충분히 고수로 보였다.

이화운이 두 잔째 차를 비웠을 때, 그곳으로 설수린이 들어왔다.

설수린의 아름다운 모습에 조수아는 물론이고 난화마저 빤히 그녀를 쳐다보았다.

설수린이 이화운의 자리에 합석했다.

조수아는 두 사람의 모습을 가만히 지켜보았다.


—두 분이 마주 앉고 나서부터가 진짜예요. 우선 대주님께서 잘하셔야 해요. 원망스러운 표정으로 이 공자를 쳐다봐요. 알죠? 버림받는 여인의 독한 눈빛 연기.

—버림받아 본 적이 없는데 그걸 어떻게 알겠어?

—그럼 이 공자를 만난 이후, 가장 화가 났던 순간을 떠올려 보

세요.

설수린은 들어오기 전, 생각하고 또 생각했다.

언제 그에게 가장 화가 났을까? 아무리 생각해도 별로 화난 적이
없었던 것 같은데?

그리고 그녀는 깨달았다. 이화운은 단 한 차례도 자신에게 원망의
감정을 갖게 하지 않았다는 것을. 그것을 깨달은 것으로도 충분했다.
그녀의 눈빛에 담긴 복잡한 감정이 전호가 의도한 감정으로 드러났으
니까.

"정말 제가 마음에 안 드시나요?"

그녀의 말에 조수아가 흥미로운 눈빛을 발했다. 그녀가 봤을 때 설
수린은 정말이지 두 번 다시 만나기 어려운 미인이었다. 한데 여인의
말로 짐작할 때, 남자가 여인을 거절하고 있는 것이다.

"나보다 더 좋은 남자를 만나실 것이라 믿소."

"다른 남자는 필요 없어요!"

"사람의 감정을 어찌 억지로 바꿀 수 있겠소?"

"왜 제가 싫은 거죠?"

"……."

이화운은 아무 대답도 하지 않았다. 문득 설수린은 그런 생각이 들
었다. 이 상황이 정말 그와 나의 상황이라면?

자신이 그에게 고백했는데. 그가 이렇게 거절한다면?

문득 그런 생각을 하니까 가슴이 아팠다. 섭섭함이 치밀어 오르며
그녀의 눈에 눈물이 맺혔다.

이화운은 내심 당황했다. 눈물 연기는 약속에 없었던 것이다. 다행히 등을 돌리고 앉아 있었기에, 조수아는 이화운의 당황한 표정을 볼수 없었다.

"그래서 제가……."

설수린의 말문이 막혔다. 울컥 감정이 격동해 말이 이어지지 않았다. 그래서 자신이 사랑 따위는 하지 않으려 했던 것이란 말이 튀어나오려고 했다. 사전에 정해 두지 않은 말이었다.

적어도 이 순간 그녀의 마음은 진심이었기에 지켜보던 조수아도, 호위인 난화도 그 심정을 이해했다.

설수린의 눈에서 눈물이 한줄기 흘러내렸다.

아! 이 무슨 추태야. 전호에게 백 년은 놀림을 받게 될 거야!

마음과는 별개인 눈물이었다. 그녀는 맺혀 있던 눈물이 흘러내리는 것까지 막을 재주는 없었으니까.

그녀가 황급히 눈물을 닦으며 원래 하기로 한 말을 꺼냈다.

"제가 공사 구분을 못 했어요. 내일부터는 처음 만났을 때로 돌아갈 거예요."

그녀가 도망치듯 다루를 나갔고 혼자 남은 이화운은 멍하니 탁자의 찻잔을 바라보았다.


—우수에 찬 눈빛으로, 슬픔이 가득한 눈빛으로 대주님이 나가는 것을 지켜봐 줘요.


하지만 이화운은 전호가 시키는 행동을 하지 않았다. 그 역시 생각

에 잠겨 있었다. 어쩌면 그녀와 이런 일이 벌어질 수도 있다는. 자신이 그녀의 입장이 될 수도 있는 일이었다.

조수아가 이화운을 뚫어지듯 쳐다보았다. 대체 어떤 사내이기에 그렇게 아름다운 여인을 거절하는 것일까? 정말 궁금한 마음이 들었다.

'대체 뭐 하는 사람일까?'

\* \* \*

한편 설수린과 전호는 길 건너편 건물의 이 층에 몸을 숨긴 채 그 모습을 지켜보고 있었다.

"제대로 된 거야?"

"대주님의 눈물 연기가 결정적이었습니다."

그러면서 전호가 두 눈을 가늘게 떴다.

"정말 연기였습니까?"

설수린이 두 눈을 빠르게 깜빡이며 대답했다.

"당연히! 앞으로 내 연기 절대 무시하지 마!"

전호가 씩 웃으며 대답했다.

"네. 그러죠. 정말 죽여 줬습니다."

차마 전호는 그녀에게 장난을 치지 못했다. 앞서 그녀가 보여준 눈물이 어떤 의미였는지 누구보다 잘 알았기에.

그리고 전호는 마음으로 빌었다.

그녀의 감정이 앞으로 겪을 긴 여정을. 어두운 밤의 깊은 골짜기를, 쏟아지는 폭우를, 메마른 사막을, 그 모든 험난한 여정을 잘 이겨

내기를. 그래서 그 여정의 마지막에서 그녀의 감정이 활짝 꽃필 수 있기를.

설수린이 창밖을 바라보며 말했다.

"그 사람, 잘하겠지?"

"그럼요."

"한데 걱정 안 되세요?"

"응? 뭐가?"

"이럴 때 보면 참 천하태평이시라니깐. 지금 이 공자는 이 강호에서 가장 돈 많은 사람의 후계자와 함께 있잖아요? 게다가 미녀라고요."

그러자 설수린의 눈꼬리가 쳐졌다.

"걱정돼."

"그럼요, 그게 정상이지요."

"게다가 저 사람, 여자들에게 정말 친절하잖아?"

오래전 소하에게도, 숙소의 시비들에게도.

"하지만 그녀가 돈이 많아서 걱정되는 것은 아니야."

"그럼요?"

"너의 그 매의 눈으로 볼 때, 저 사람이 돈에 넘어갈 사람처럼 보여?"

"아니죠."

"왜 그럴 거라고 생각해? 저 사람이 지금 돈이 많아서? 아니라고 생각해. 주머니에 동전 한 푼 없어도 저 사람은 돈에 넘어갈 것 같지 않거든."

그것은 어떤 '격(格)'과 같은 것이었다. 그는 격이 높은 사람이었고, 그것은 그의 가장 큰 매력이자 장점이라는 생각이 들었다.

"사실은 그녀가 걱정돼."

"어떤 점이요?"

설수린이 가볍게 한숨을 내쉬며 말했다.

"정말 괜찮은 여자일까 봐. 돈도 많은데 소탈한 성격일까 봐 걱정돼. 예쁘고 매력적인 여자일까 걱정돼."

전호가 희미하게 웃었다. 그녀의 심정을 왜 모르겠는가?

"그런 여자면 제가 죽여 드릴게요."

"시체는 잘 처리하고. 들키면 알지? 단독 범행으로 자백하는 것."

"알죠. 왜 죽였느냐고 물으면 돈도 많은데 착하고 매력적이기까지 해서, 너무 꼴 보기 싫었다고 자백하죠."

"그게 진정한 충성심이지."

두 사람이 마주 보며 웃었다. 이렇게 전호와 장난을 치고 나니 걱정이 사라졌다. 설수린이 건너편 건물을 쳐다보며 말했다.

"그는 잘해낼 거야."

그리고 그 믿음보다 더 큰 또 하나의 믿음은 말하지 않았다.

세상 누구보다 그를 믿어.

*    *    *

조사하라는 명령을 내리고 채 차 한 잔 마실 시간이 지나기도 전에 이화운과 설수린에 대한 정보가 난화에게 들어왔다. 만금장의 힘을 다시 한 번 알 수 있는 대목이었다.

난화가 조수아에게 전음으로 보고했다.

『저자의 이름은 이화운, 무림맹주 천무광의 빈객(賓客)으로 맹에 와 있다고 합니다.』

『전대 맹주지.』

조수아가 그 점을 강조했다.

『죄송합니다. 그는 전대 맹주의 손님입니다.』

『여인은?』

『신화대주 설수린. 무림맹에서 아주 유명한 여인이랍니다. 뛰어난 외모에 능력도 아주 좋은 모양입니다. 한데…… 이상한 소문이 있었습니다.』

『무슨 소문이지?』

『그녀가 전대 맹주 천무광과 그렇고 그런 사이란 소문이 있었습니다.』

『전대 맹주와?』

조수아가 인상을 찌푸렸다. 이제 왜 이화운이 그녀를 거절했는지 이해가 되었다.

『어디까지나 소문입니다만…….』

『걸레 같은 년이군.』

조수아가 한마디로 설수린을 정의했다.

『그렇습니다.』

난화는 그녀의 기분을 맞춰주는 데 급급했다. 사실 그녀는 그 소문을 믿지 않았다. 난화 역시 여인의 몸으로 강호를 살아왔다. 강호의 소문이 얼마나 어이없이 퍼지는지 누구보다 잘 알았다. 더욱이 그것이 아름다운 여인이라면 더욱이. 괜히 자신이 설수린에게 미안한 마음이 들었다.

『어쨌든 그녀는 맹의 명령을 받고 이화운의 호위 및 안내를 맡았던 모양입니다.』

『그러다 사랑에 빠졌다? 유치한 이야기군.』

난화는 아무 말도 하지 않았다. 아직 한 번도 제대로 된 사랑을 해보지 않은 조수아였다.

비단 남녀 문제만이 아니라 정상적인 인간관계를 겪어 보지 못한 그녀였다. 만금장의 천금인 그녀였기에 모두 듣기 좋은 말만 했다.

그녀의 부모가 있었다면 사정이 달랐겠지만, 조금산은 눈에 넣어도 아프지 않을 손녀딸을 그렇게 버릇없이 키우고 만 것이다. 그래도 상관없다고 생각했다. 어차피 모두의 위에 군림하게 될 아이였으니까.

잠시 이화운을 쳐다보던 조수아가 자리에서 일어나서 그쪽으로 걸어갔다.

조수아가 자신의 자리로 다가오는 것을 느끼며 이화운은 내심 긴장했다.

차라리 강력한 적과 싸우는 일이라면 이렇게 긴장되지는 않을 것이다. 앞서는 설수린이 있어서 잘해낼 수 있었다. 그녀가 눈물을 흘리자 놀라긴 했지만, 그녀가 있어 잘할 수 있었다. 그리고 이제부터는 혼자 해내야 했다.

"합석해도 될까요?"

조수아가 이화운의 앞에 서서 물었다. 그녀는 자신만만했다.

잠시 그녀를 쳐다보던 이화운이 엉거주춤 자리에서 일어났다.

"무슨 일이신지 모르겠지만 전 이제 막 일어서려던 참이었습니다."

이화운은 당장이라도 다루를 나설 기세였기에 조수아가 황급히 말했다.

"잠깐만요!"

"왜 그러시오?"

"할 말이 있으니 잠깐 자리에 앉아요."

할 말이 있다는 말에 이화운이 다시 자리에 앉았다. 그 와중에도 이화운은 조수아에게 큰 관심을 보이지 않았다. 앞서 전호가 말해 준 말을 철저히 실행에 옮기고 있었다. 무관심하게 구는 것이 더욱 그녀를 자극하고 흥미를 끌 것이라는.

"전 조수아라고 해요."

그러자 뒤에 선 난화가 한마디 덧붙였다.

"아가씨는 만금장의 천금이시오."

"이화운이오."

이화운이 담담히 자기소개만 하고 말자 조수아는 황당해하는 표정으로 물었다.

"당신은 만금장에 대해 들어본 적이 없나요?"

"들어본 적이 있소. 천하에서 가장 돈이 많으신 가문이지요."

이화운은 더 무슨 할 말이 있느냐는 듯 그것으로 입을 다물었다.

조수아는 기가 막혔다.

그녀는 분명 다른 반응을 기대했다. 왜 그런 반응 있지 않은가? 상대의 진정한 정체를 알고 화들짝 놀라는. 정녕 만금장의 후계자이십니까란 말과 함께 눈동자가 흔들리는. 어떻게 해야 잘 보일까 머리를 굴리는. 혹은 겁에 질리는. 지금까지 봐 왔던 대부분의 반응이 그러했으니까. 당연히 이 사내도 그럴 것이라 예상했다. 하지만 이화운은 전혀 달랐다.

"제게 무슨 용무이신지요?"

그녀가 멍하게 아무 대답도 하지 못하자 이화운이 먼저 자리에서 일어났다.

"그럼 다음에 뵙지요."

미처 말릴 사이도 없이 이화운이 그곳을 걸어 나갔다.

조수아는 뒤늦게 그에게 묻지 못한 말이 생각났다.

설수린의 마음을 거절한 이유가 맹주 때문인지가 궁금했던 것이다. 그가 이렇게 나가 버릴지 예상하지 못했기에 황당한 마음뿐이었다.

"뭐지? 저 사람?"

이유가 어떻든 상대는 천하제일이라 불려도 좋을 미녀를 거절했다. 왠지 지금의 이 태도가 자신의 재력에 조금도 관심 없다는 태도처럼 느껴졌다.

조수아의 두 눈에 흐르는 야릇한 눈빛은, 전호가 예상한 그 호기심이자 일 단계 성공을 알리는 신호였다.

＊　　　＊　　　＊


"와! 정말 잘했습니다."

객잔에서 있었던 일을 들은 전호의 칭찬에 이화운이 머쓱하게 웃었다. 왠지 부끄러워하는 모습은 처음 보는 것이라, 설수린은 그를 놀리고 싶어졌다.

"당신, 완전 바람둥이였군요."

"그럴 리가."

"전호가 감탄할 정도라고요."

"그게 왜 감탄할 일인지 모르겠군."

설수린이 전호를 돌아보았다.

"뭐라고 해석해야 해?"

"가면을 벗은 바람둥이의 허세?"

"맞아! 바로 그거야."

"어쨌든 그냥 나와 버린 것은 진정 최강의 한 수였습니다."

이화운이 피식 웃었다. 본능대로 행동했는데, 그것이 대성공이었다면 정말 자신에게 바람둥이 기질이 있는 것은 아닐까 생각되었다.

설수린이 궁금해하며 물었다.

"그런데 그렇다고 정말 그녀가 찾아올까? 열 좀 받았을 텐데, 찾아올까?"

"그게 바로 남녀 사이의 풀리지 않는 신비죠."

"네 말대로 온다고 치고, 그다음은 어떻게 해야 해?"

"그건 저도 모르죠. 그녀가 어떤 식으로 나올지는 확신할 수 없으니. 이 공자께서 알아서 임기응변으로 대처해야겠지요. 아까 한 걸 보니, 걱정 안 해도 될 것 같은데요?"

그리고 다음 날, 정말 조수아가 이화운을 찾아왔다.

이화운은 조수아가 쉽게 찾아오도록 멍석도 깔아주었다. 숙소가 아닌 객잔에서 아침을 먹은 것이다.

그리고 어제 다루에서처럼 그녀는 다시 이화운이 앉은 자리 앞에 서서 물었다.

"합석해도 될까요?"

"조 낭자?"

이화운이 놀란 표정으로 그녀를 쳐다봤다. 사실 이화운이 놀란 것은 전호의 예측이 정확해서였다.

조수아는 합석해도 좋다는 대답을 듣기 전에 이화운의 앞자리에 앉았다.

어제 이화운이 그렇게 나간 후, 그녀는 이화운에 관해 모든 것을 알아 오라고 명령을 내렸다. 하지만 처음 들었던 정보 이외에는 아무것도 알아내지 못했다. 추가로 알아낸 것이라곤 고작 그가 중경에서 왔다는 정도였다.

수하에게 뭔가를 조사하라고 시킨 이래, 아무것도 얻지 못한 경우는 이번이 처음이었다. 조사할 시간이 부족하다고는 하나, 지금까지는 어지간한 사람은 하룻밤이면 첫사랑 이름에 집에 젓가락이 몇 개인지까지 다 조사해 왔던 것이다.

"이 공자께선 이곳에서 묵고 계신가요?"

"아닙니다. 맹 내에 거처가 있습니다."

"그러시군요."

이화운은 그녀를 바라보면서도 더없이 담담했다. 그것이 끊임없이 그녀를 자극했다.

'나를 저런 눈빛으로 쳐다본단 말이지?'

부끄러워하지도 않았고, 그렇다고 감탄하는 것도 아닌 그저 그런 무덤덤한 눈빛.

하지만 그녀는 애써 담담한 척했다. 사람을 다루는 법에 대한 수업을 받는 그녀였다. 먼저 흥분하는 쪽이 진다는 것은 사람 관계에 있어서 불문율.

"어제 다루에서 뵌 분은 누구시죠?"

"아. 설 대주 말씀이시군요. 그녀는 무림맹의 신화대주입니다."

"어제 두 분의 대화를 본의 아니게 듣게 되었어요."

"그러시군요."

"아름다운 분이시던데."

"사람이 사귀는 데 아름다움이 전부는 아니지요."

조수아의 입꼬리가 살짝 말려 올라갔다.

'잘난 척을 하시겠다? 어디 정말 잘났는지 볼까?'

그녀가 다시 속내를 감춘 채 살짝 미소를 지으며 말했다.

"사실 어젠 당황했어요."

"뭐가 말이죠?"

"제 신분을 알고도 그런 반응을 보이신 분은 많지 않거든요."

"아. 무례하게 느끼셨다면 죄송합니다."

"이 공자께선 재물에 통 관심이 없으신 것 같군요."

잠시 사이를 두고 이화운이 말했다.

"세상에는 돈보다 중요한 것이 많다고 생각합니다."

그녀를 울컥하게 하는 말이었다.

이화운이 그녀를 자극하는 것에는 이유가 있었다. 전호의 조언 때문이었다.

　—내일 그녀가 어떻게 나올지는 모르겠지만, 한 가지만 명심하십시오. 절대 그녀 뜻대로 움직이지 마십시오. 또 한 가지, 될 수 있는 한 그녀를 자극하십시오. 어지간한 사내는 사내로 보지도 않을 그녀니까요.

그리고 이화운은 그녀에게 있어 가장 강력한 자극을 선택했다.

그녀가 가장 자신 있는 부분, 그녀 인생에서 가장 강력한 영향력을 미친 부분, 바로 돈이었다.

돈이 중요하지 않다는 말, 돈의 위력을 부정하는 그 말은 그녀가 가장 싫어하는 말이었다. 바로 그녀의 역린(逆鱗)이기도 했다.

'돈 없는 것들이 항상 하는 말이지.'

조수아의 눈빛이 가늘어졌다.

'당신 정말 돈 앞에서도 끝까지 그렇게 도도할 수 있을까?'

그녀가 야릇한 미소를 지으며 말했다.

"얼마면 그 말을 취소할 수 있을까요?"

"네? 무슨 말씀이십니까?"

"돈보다 중요한 것이 많다는 말."

조수아가 품에서 전낭을 꺼냈다. 그곳에서 천 냥짜리 전표를 꺼내 탁자 위에 올렸다.

"이 돈이면 취소할 수 있나요?"

"이게 무슨 짓입니까?"

이화운의 순진한 반응에 그녀는 다시 전표를 네 장 더 꺼냈다.

"오천 냥이에요. 그 말을 취소한다는 한 마디면 이 돈은 당신 것이에요."

그녀에게는 한순간 유희거리도 안 되는 돈이었지만 평범한 사람에게 오천 냥은 그야말로 어마어마한 돈이었다.

이화운이 차분히 앞서의 말을 반복했다.

"돈보다 중요한 것은 많지요."

그 도발적인 대답에 조수아의 입꼬리가 더욱 높이 말려 올라갔다.

'끝까지 인정하지 않으시겠다?'

조수아가 다시 전낭에서 전표를 다섯 장 더 꺼냈다.

"만 냥이에요. 당신이 평생을 벌어도, 당신의 자식까지 평생 벌어도 만져볼 수 없는 돈이죠. 자, 취소한다는 한마디면 돼요."

그녀는 확신했다. 제아무리 잘난 척해도 만 냥이란 거금 앞에서는 어쩔 수 없다는 것을. 그녀는 보고 싶었다. 이렇게 대단해 보이는 사내도 결국 돈 앞에서는 별것이 아니라는 것을. 돈 앞에 무릎 꿇는 모습을. 그래서 앞으로 자신이 세상을 지배할 사람임을 다시 한 번 확인하고 싶었다.

하지만 이화운의 대답은 그녀의 상상을 초월했다.

"이게 조 낭자의 용돈 전부인가?"

"뭐요?"

조수아의 안색이 굳어졌다. 이화운의 말이 정곡을 찌른 것이다. 전낭에 몇천 냥이 더 들어 있긴 했다. 하지만 지금 기세로는 돈이 더 있다고 당당히 말할 만한 액수는 아니었다.

결정적으로 그녀를 흥분하게 한 말은 '용돈'이란 단어였다. 앞으로 자신이 산동의 사업을 맡는다면 사정이 달라지겠지만 아직은 용돈이 맞았다. 직접 번 돈이 아니었으니까.

"웃기지 마요! 날 어찌 보고?"

그녀가 버럭 소리쳤다. 아무리 처세술에 관한 교육을 받았다 하더라도 이화운을 상대할 정도는 아니었다. 그러기에는 아직 경험도 부족했고, 그녀는 아직 어렸다. 그리고 어디까지나 이론은 이론이었으니까.

이화운이 좋은 어조로 말했다.

"더 있을 수도 있겠지요. 내가 실언을 했소. 어쨌든 이 말씀만은 드리겠소. 세상에 돈보다 중요한 것은 많소. 그럼 전 이만."

벌써 몇 번째 그녀가 제일 싫어하는 말이 나오고 있었다. 이화운이 돌아서 나가려는데 조수아가 버럭 소리쳤다.

"허세 부리지 마!"

주위의 시선이 그들에게 집중되었다. 하지만 그녀는 전혀 아랑곳하지 않았다. 주위에서 밥을 먹던 사람들은 모두 조심스러운 마음으로 이 흥미로운 사건을 지켜보았다.

이화운이 돌아서며 물었다.

"허세라고 하셨소?"

"그래. 쥐뿔도 없는 주제에 어디서 잘난 척이지?"

"왜 내가 돈이 없다고 생각하시오?"

"웃기는군."

이미 이화운이 입고 있는 옷을 다 살펴본 그녀였다. 저자에서 몇 냥만 주면 몇 벌이나 살 수 있는 그런 옷이었다. 이화운이 차고 있는 검 역시 특별해 보이지 않았다. 물론 이는 그녀가 검을 볼 줄 아는 눈이 없었고, 이화운이 검의 기운을 완전히 제어했기 때문이었다.

"난 적어도 낭자보다 돈이 많소."

조수아가 어이없다는 표정을 짓다가 비웃으며 말했다.

"집에 금송아지를 만 마리쯤 키우시나? 나도 집에 가면 한 천억 냥쯤 있는데."

"지금 수중에도 그대보다는 돈이 많소."

"지금 당신 주머니에 만 냥보다 더 많은 돈이 들어 있다고요?"

"그렇소."

"웃기는군. 정말 웃기는군."

그녀는 만 냥이 얼마나 큰 돈인지도, 그리고 남자들의 허세가 어떤 것인지도 잘 알고 있었다. 스승들이 가르쳐 주는 것에는 그런 것들도 포함되어 있었으니까.

"좋아요, 그럼 나와 한 가지 내기를 해요."

"무슨 내기요?"

"당신이 나보다 돈을 더 많이 가졌는지, 가지지 않았는지."

"만약 가졌다면?"

"그렇다면 당신이 가진 돈만큼 제가 드리겠어요. 이만 냥을 가졌으면 이만 냥을, 오만 냥을 가졌으면 오만 냥을 드리죠."

그러자 뒤에 있던 난화가 나섰다.

"아가씨!"

조수아가 그녀를 휙 돌아보며 표독스러운 표정을 지었다. 난화는 화가 난 조수아를 말릴 수 없다는 것을 잘 알았다. 더는 말리지 못하고 난화는 입을 다물었다.

이화운이 담담히 물었다.

"내가 진다면 무엇을 원하시오?"

"내 앞에 무릎을 꿇고 인정하세요. 세상에 가장 중요한 것은 돈이라고."

"낭자께서 약속을 지키지 않는다면? 저 뒤에 있는 무서운 호위무사가 내 돈과 목숨을 뺏지 않는다는 보장이 있소?"

"날 어떻게 보고!"

조수아가 버럭 소리쳤다. 이화운은 일부러 그녀를 자극할 말만 하고 있었다.

조수아가 구경하는 사람들에게 소리쳤다.

"만금장의 이름을 걸고 약속을 지키겠어요!"

만금장이란 말에 사방에서 웅성거렸다. 그들은 이런 흥미로운 구경거리가 생긴 것을 모두 기뻐했다.

"자, 이제 됐나요?"

"낭자를 위해 충고하는데 이러지 않는 것이 좋을 것이오."

조수아는 내심 비웃었다.

'어디서 꼬리를 말고 달아나려고? 어림없다. 네까짓 것이 돈이 있어봐야 얼마나 있을까?'

조수아가 뒤에 선 난화에게 싸늘히 말했다.

"저 사람이 내기에 응하지 않는다면 저 세 치 혀를 잘라서 다시는

허세를 떨지 못하게 하여라."

평생 명령만 내리며 살아온 삶이었다. 그녀의 인생에서 거절이란 단어는 존재하지 않았다.

"알겠습니다."

공손히 대답한 난화가 금방이라도 검을 뽑아들 것 같은 차가운 눈빛으로 이화운을 노려보았다. 하지만 그녀는 내심 불안했다. 자신의 주인이 뭔가 말려들지 말아야 할 일에 말려들었다는 그런 불길한 느낌을 받은 것이다.

이화운이 한숨을 내쉬며 말했다.

"그렇게까지 강요하신다면 할 수 없겠지."

하지만 한숨을 내뱉는 그 입가에 지어진 것은 분명 차가운 미소였다.

"좋소. 그 내기 받아들이겠소."

第四章

대호출세

天下第一

天下第一

이화운이 품에서 전표를 꺼냈다.

펼쳐 보인 전표는 만 냥짜리였다. 액수를 확인한 조수아가 깜짝 놀랐다.

하지만 놀랄 일은 이제부터였다.

이화운이 다시 전표를 꺼냈다. 이번에도 만 냥짜리였다. 두 장만으로 이미 내기에서 이긴 것이다.

세 장, 네 장…… 이화운은 연달아 일곱 장의 전표를 꺼내 탁자 위에 올렸다. 모두 다해 칠만 냥이었다.

조수아는 너무 놀라 두 눈을 부릅떴다.

"말도 안 돼!"

난화가 나서서 소리쳤다.

"가짜 전표일 겁니다. 여기 확인해 줄 사람 없나?"

그러자 구경하던 사람 중에 늙은 노인이 한 명 나섰다. 그는 오랫동안 이곳 저자에서 장사해 온 사람이었다.

"소인이 알아볼 수 있습니다요."

"확실히 살펴보도록."

노인이 천천히 전표를 살피더니 다시 전표를 돌려주며 말했다.

"진짜 전표입니다."

순간 조수아와 난화가 깜짝 놀랐다.

조수아는 자신이 큰 실수를 했음을 깨달았다. 만 냥 정도는 어떻게든 자신의 손에서 수습이 될 액수지만 칠만 냥은 아니었다.

절대 인정하기 싫은 현실이었다.

그때 난화가 이화운과 노인을 번갈아 본 후 앙칼지게 소리쳤다.

"두 놈이 짜고 사기를 치려 하는군."

그녀의 의심은 그럴듯했다. 세상에 누가 칠만 냥이나 되는 거금을 들고 다니겠는가? 그 말에 조수아의 얼굴이 환하게 밝아졌다.

"아! 그렇군. 사기였어! 시답잖은 수작에 넘어갈 뻔했어."

"제대로 확인해 줄 수 있는 사람을 부르겠습니다."

난화가 은신하고 있는 다른 호위 무인에게 인근 전장에서 회계원을 데려오라고 전음을 보냈다.

그리고서 이화운에게 차갑게 경고했다.

"만약 가짜 전표로 밝혀지면 넌 죽는다."

험악한 분위기에도 이화운은 담담했다. 그 모습에 난화는 내심 불안했다.

'애초에 시작해서는 안 될 내기였어.'

계속 그 생각만 떠올랐다. 그에 반해 조수아는 전표가 가짜이길 간절히 바랐다.

잠시 후 객잔 안으로 인근 전장의 회계원 하나가 들어섰다.

"전표를 확인하러 왔습니다."

난화가 그에게 전표를 건네주었다.

"이 전표들을 확인하세요. 시간이 걸려도 좋으니 제대로 하세요."

"네, 알겠습니다."

회계원이 전표를 확인했다. 잠시 후, 그가 조심스럽게 말했다.

"모두 진짜 전표입니다."

순간 조수아가 이를 악물었다. 혹시나 했던 기대가 와르르 무너지는 순간이었다.

그녀가 주위를 둘러보았다. 지켜보는 눈들이 너무 많았다. 약속을 지키지 않는다면 이 일은 순식간에 강호에 퍼져 나갈 것이다. 돈 칠만 냥을 손해 보는 것과는 비교할 수 없는 손해였다. 그녀가 빠르게 마음을 추슬렀다.

"곧 돈을 찾아주겠다."

조수아가 난화에게 말했다.

"지금 곧 노 총관을 불러 칠만 냥을 찾아오도록."

"네."

조수아가 한숨을 내쉬었다.

'할아버지께서 노발대발하시겠군.'

사실 걱정되는 것은 칠만 냥을 잃는 것이 아니라 자신이 맡기로 한 산동 사업이었다. 혹시 이 일에 영향을 받아 지연되기라도 할까 봐.

바로 그때 이화운이 불쑥 말했다.

"잠깐. 아직 돈은 다 꺼내지 않았소."

"뭣이?"

난화나 조수아는 물론이고, 그곳에 있는 모두가 깜짝 놀랐다.

이화운이 어깨를 한 번 으쓱하며 말했다.

"잔돈을 먼저 꺼냈을 뿐이지."

"뭐라고?"

조수아가 두 눈을 부릅떴다. 지금 상대는 칠만 냥이나 되는 거금을 잔돈이라 말하고 있었다.

이화운이 품에서 또 다른 전표를 꺼냈다.

세 장의 전표.

이번에는 자그마치 십만 냥짜리였다.

"……삼십칠만 냥."

조수아는 앞이 캄캄해졌다.

'단단히 사고를 쳤구나.'

하지만 오늘의 사고는 그냥 사고가 아니라 대형 사고였다.

이화운이 품에서 또 다른 전표를 꺼낸 것이다.

"헉!"

액수를 확인한 회계원조차 눈을 부릅떴다. 이화운이 마지막에 꺼낸 전표는 바로 백만 냥짜리였던 것이다.

이화운이 담담히 말했다.

"모두 백삼십칠만 냥이오."

조수아의 얼굴이 새하얗게 질렸다. 얼마나 놀랐는지 심장이 입 밖으로 튀어나올 것만 같았다. 그녀가 의자에 털썩 주저앉았다. 그녀뿐만 아니라 난화도 마찬가지였다.

그곳에 있는 모두가 침묵했다. 숨소리 하나 들리지 않는 무서운 침묵이었다.

백삼십칠만 냥은 정말이지 비현실적인 액수였다. 그래서 그것이 얼마나 많은 돈인지 실감이 되지 않을 정도였다.

전표를 확인한 회계원이 떨리는 목소리로 말했다.

"진짜 전표입니다."

난화가 차갑게 말했다.

"다시 확인해라."

진짜라고 말하려던 회계원은 난화의 살기에 찬 눈빛에 질려 다시 전표를 확인했다. 하지만 다시 확인해도 전표는 진짜였다.

조수아는 침묵했다. 아무 말도 들리지 않았다. 할아버지가 내릴 불호령을 생각하니 그저 두려움만 느껴졌다.

'난 이제 끝장이야.'

조수아의 몸이 부들부들 떨리고 있었다. 칠만 냥까지는 애교로, 삼십칠만 냥까진 불호령이. 하지만 백삼십칠만 냥이라니?

난화는 더는 조수아가 정상적인 명령을 내릴 상태가 아님을 알아차렸다.

난화가 재빨리 앞서 동료 무인에게 전음을 날렸다.

『지금 당장 노 총관을 불러와요.』

『알겠소.』

난화가 이화운을 쳐다보았다.

"당신은 뭐지?"

그녀의 목소리는 더없이 차가웠다.

"무슨 말인지 모르겠소."

그에 비해 이화운은 처음부터 한결같았다.

"왜 이런 짓을 저지르는 것이지? 목숨이 아깝지 않은가?"

"애초에 합석한 사람이 누구요? 내기에 응하지 않으면 혀를 뽑겠다고 한 사람이 누구요? 적반하장도 유분수지, 지금 무슨 억지를 부리는 거요?"

이화운의 노기에 난화는 아무 대답도 하지 못했다. 지켜보던 눈들은 모두 이화운의 편이었다. 돈 많다고 자랑하다가 꼴좋다는 그런 눈빛들.

얼마 후 노 총관이 그곳으로 들어왔다. 강호제일의 거부답게 만금장에는 총관이 열 명이나 있었는데, 노 총관은 서열 이 위의 총관이었다.

그 역시 주인을 닮아 외모가 볼품이 없었다. 작은 키에 염소수염을 한 그는 어디 객잔 주인이라고 해도 잘 어울릴 것 같았다. 하지만 그는 '그런 외모에도 불구하고'란 말에 어울릴 만한 능력을 지니고 있었다. 빠른 상황 파악도 그의 능력 중 하나였다.

마치 이 자리에 있었던 사람처럼 그가 성큼성큼 다가와서 이화운에게 말했다.

"백삼십칠만 냥이라고 했나?"

"그렇소."

그가 품에서 전표를 꺼냈다. 그리고는 정확히 백삼십칠만 냥을 이화운에게 건넸다.

"자, 여기 있네."

주위에서 다시 탄성과 환호성이 함께 터져 나왔다. 백삼십칠만 냥을 이렇게 흔쾌히 내놓을 줄은 생각지도 못한 것이다.

노 총관이 조수아에게 말했다.

"일단 가시죠."

조수아가 자리에서 일어났다. 이화운을 향한 그녀의 두 눈에는 원망이 가득했다. 그녀가 한마디 내뱉고 돌아섰다.

"절대 이게 끝이라고 생각하지 마."

조수아와 난화, 노 총관이 그곳을 나갔다.

지켜보던 이들이 놀라고 감탄한 표정을 지었다. 이 짧은 시간에 백삼십칠만 냥을 번 것이다. 한편으로 동정의 눈빛도 많았다. 만금장에서 그냥 있을 리 없다고 생각했으니까.

그들을 보며 이화운이 미소를 지으며 말했다.

"오늘은 제가 사죠. 마음껏 드시기를."

어쨌든 즐거운 일이었기에 사방에서 환호가 터져 나왔다. 물론 그곳을 떠난 조수아 일행을 의식한 조용하고 은밀한 환호였다.

*　　*　　*

조금산은 자신의 처소에 홀로 앉아 있었다.

그는 창밖을 바라보며 웃고 있었다. 그 웃음에 드러나는 감정은 분명 '만족감'이었다. 드디어 그날이 왔다는 말에 어울리는 웃음.

그때 밖에서 수하가 나직하지만 정중하게 보고했다.

"야율 대협께서 오셨습니다."

"모셔라."

야율강이 안으로 들어왔다. 조금산이 그를 반갑게 맞이했다.

"어서 오시오, 맹주."

맹주란 말에 야율강이 조금산의 손을 맞잡으며 말했다.

"맹주란 호칭, 아직 많이 어색합니다."

"곧 익숙해지실 것이오."

"지금까지처럼 아우로 대해 주십시오."

남들에게는 알리지 않았지만, 둘만의 사석에서는 호형호제(呼兄呼弟) 했던 것이다.

"허허. 그래서야."

"그러셔도 됩니다. 제발 이 부족한 아우를 위해서라도 그렇게 대해 주십시오."

"자네 뜻이 그렇다면 그럼세."

조금산이 못 이기는 척 받아들였다.

"이 모든 것이 다 형님 덕분입니다. 이 은혜 죽어서도 잊지 않겠습니다."

"허허, 이 늙은이를 그렇게나 챙겨주니 기쁠 따름이네. 자, 이리 앉게나."

기다렸다는 듯 시비가 차를 내왔다.

"차 맛이 좋습니다."

야율강이 웃으며 말했다. 하긴 지금 그의 심정이야, 독주를 마신다고 해도 기분이 좋을 것이다.

"맹주위 인수 작업은 어떻게 되어가고 있나?"

"최대한 빠르게 진행하고 있습니다."

"필요한 것이 있으면 언제라도 말씀하시게."

"그래서 드리는 말씀인데."

야율강이 살짝 말끝을 흐렸다.

"형님의 도움이 필요합니다."

조금산이 미소를 지으며 말했다.

"내 그럴 줄 알고 이미 준비를 해뒀네."

조금산이 한옆에서 두툼한 봉투를 가져왔다.

"이십만 냥이네. 당장에 급한 불은 끌 수 있을 것이네."

"형님!"

야율강이 감격해서 벌떡 자리에서 일어났다.

"죽어서도 잊지 않겠습니다."

허리를 굽히는 그를 보는 조금산의 입가에 서늘한 미소가 지어졌다. 마주 보면서는 절대 짓지 않을, 그런 미묘한 감정이 깃든 미소였다.

"앞으로 강호를 위해 헌신해 주시게."

"여부가 있겠습니까?"

야율강의 얼굴에 웃음기가 가득했다. 무림맹주라는 평생의 숙원을 이루고, 또한 강호에서 가장 든든한 후원자에게서 거액을 얻었으니, 오늘은 그의 인생에서 가장 행복한 날이라 할 만했다.

야율강이 그곳을 떠나자, 호위 무인이 안으로 들어섰다. 그리고 나직한 음성으로 말했다.

"아가씨에게 문제가 생겼습니다."

                    *        *        *

"당신! 백삼십칠만 냥이라니요!"

설수린은 눈을 휘둥그레 떴고 전호는 입을 쩍 벌렸다.

"대체 그 많은 돈이 어디서 났느냐고요?"

"알았잖아? 내가 부자란 것."

"그래도 그렇지. 백삼십칠만 냥이라니요! 설마 그 돈을 내내 가지고 다
닌 거예요?"

이화운은 고개를 가로저었다.

"아침에 전장에서 찾았어."

"왜요?"

"왠지 필요할 것 같아서."

설수린과 전호가 멍하니 이화운을 쳐다보았다.

"당신 진짜 이름 천화운이죠?"

"무슨 소리야?"

"천기자 손자 아니냐고요?"

그 말에 이화운이 피식 웃었다.

"평생 돈 위에 군림하며 살아온 여인이야. 문제가 벌어지면 분명 돈으
로 해결하려고 할 것이라고 예상했지. 혹시나 해서 찾아두었을 뿐이야."

"왜 하필 백삼십칠만 냥인가요? 무슨 의미가 있는 거죠?"

그녀가 머리를 굴렸지만 답을 알아낼 순 없었다.

"흑! 역시 이 머리로는 무리예요."

그러자 이화운이 웃으며 말했다.

"이곳 전장에서 인출할 수 있는 최대 금액이었을 뿐이야."

"헐. 그럼 돈이 더 있다는 말이잖아요?"

그러자 옆에 선 전호가 멍한 표정으로 말했다.

"이제 이백칠십사만 냥이 되었다고요. 돈이 더 없으면 어때요. 이백칠십사만 냥이 있는데."

"대체 내가 몇 년을 벌어야 하지?"

"환생을 백 번은 하셔야 할 것 같은데요?"

"세상은 불공평해!"

"암요. 대주님과 저만 봐도 그렇죠. 농땡이는 대주, 죽도록 일하는 저는 평무인."

"아래를 보고 살아야겠다."

"그럼요. 저만 봐요. 올려다봐야 목만 아프죠."

그렇게 한바탕 너스레를 떨고 난 후, 진지한 대화가 오갔다.

"그나저나 일이 완전히 커졌는데요?"

전호의 말을 설수린이 받았다.

"커진 정도가 아니지. 조금산이 그냥 있을 리 없을 테고."

그녀가 이화운을 쳐다보며 진지하게 물었다.

"이 화려한 돈질, 뭔가 대책이 있는 것이었죠?"

"아니."

이화운의 천연덕스러운 대답에 설수린과 전호가 어이없다는 표정을 지었다.

"그럼 이 대형 사고를 아무 대책 없이 쳤단 말인가요?"

"이게 대형 사고인가?"

"그럼 아닌가요?"

"그녀를 자극하라면서? 강할수록 좋다고."

이화운이 전호를 쳐다보았다. 전호가 황당하다는 표정을 지은 채 설수린을 돌아보았다.

"대주님이 안 계셨으면 제가 다 뒤집어쓸 상황이죠? 제가 시켜서 그랬다고."

"저 사람 만난 이래 가장 뻔뻔한 발언이다."

"고맙습니다, 대주님. 제 옆에 계셔주셔서. 저, 앞으로 잘할게요."

"넌 좋겠다. 잘한 적이 없으니, 잘할 게 얼마나 많아?"

"이거, 전염되는 뻔뻔함인데요?"

설수린이 피식 웃었다. 그녀가 장난기를 거두고 이화운에게 진지하게 말했다.

"문제는 그녀가 아니라 조금산이 나설 것이란 점이죠."

자신이 아는 이화운은 분명 아무 생각 없이 행동할 사람이 아니다. 아닌가? 여자 문제라서 실수한 것인가? 아무래도 그런 것까지 잘할 것처럼 느껴지진 않으니까.

그때 이화운이 담담히 말했다.

"이만 냥쯤 꺼내고 멈출 수도 있었지."

그랬으면 애초 작전대로 되었을 것이다. 그녀는 더 큰 돈을 들고 이화운을 찾아왔을 테고. 원래 작전대로 그녀를 점점 더 빠져들게 할 수 있었을 것이다.

설수린이 이화운을 응시하며 물었다.

"그런데요? 왜 끝까지 가셨죠?"

이화운의 대답은 설수린도 예상치 못한 부분이었다.

"그때 문득 그런 생각이 들더군. 그녀에게 두 냥을 따든, 백만 냥을 따든 액수는 상관이 없겠구나. 그녀에게 단 한 푼이라도 따는 순간, 그 사실이 조금산에게 보고될 것임을 깨달은 거지. 액수의 문제가 아니라 내기에서 이기는 행위 자체가 만금장의 권위에 도전한 것이니까."

"아!"

"이 싸움에서 이기려면 최대한 빨리 조금산을 끌어내야 한다고 생각해. 시간을 주면 줄수록 우리에게 불리하겠지. 시간을 끌수록 조금산이 나를 조사할 시간이 많아질 거야."

"따라서 대비책을 세우기도 쉽다?"

"그렇지. 하지만 이렇게 큰돈을 따 버리면 그는 곧장 움직일 수밖에 없을 거야."

전에 이화운이 말했었다. 그의 대사형은 조금산에게 이화운에 대해 많은 것을 알려 주지 않았을 것이라고. 그는 그런 사람이라고.

이화운의 의도를 알자 그녀는 진심으로 감탄했다.

그 찰나의 순간에 그런 생각을 했다고?

누가 알려줘서 할 수 있는 일이 아니란 생각이 들었다. 저런 감은 배워서 알 수 있는 것이 아니라 타고나는 것이다.

부러우면서도 한편으로 안쓰러운 마음도 들었다.

때론 모르고 사는 것이 행복일 수가 있으니까.

설수린이 조심스럽게 물었다.

"그래서 조금산이 어떻게 나올지 예측이 돼요?"

"대충은. 그녀가 말했지? 돈보다 중요한 것은 없다고. 그걸 누구에게 배웠겠어? 그는 분명 돈으로 해결하려 들겠지. 그리고 돈으로 나를 파멸시키려 하겠지."

"돈으로 어떻게요?"

"눈에는 눈, 이에는 이. 아마도 조수아가 당한 대로 내기를 제안하겠지."

이화운의 말을 들으니 정말 그렇게 나올 것 같았다.

"이길 자신 있어요?"

"내기에 이기는 것은 중요하지 않아."

"그럼요?"

"그 복수심을 역이용해서 비밀 금고를 털어내야지."

설수린이 짐짓 감격한 표정으로 손뼉을 쳤다.

"와! 정말 완벽해요."

하지만 이내 한숨을 내쉬며 덧붙였다.

"이론만요. 그런 계획은 저도 있다고요! 오늘부터 열심히 수련해서 천하제일의 고수가 되겠어요. 그래서 제가 직접 조금산의 집에 잠입해서 증거를 찾아오겠어요. 이런 말은 누가 못 하냐고요!"

뭐, 물론 말은 이렇게 하고 있지만 분명 이화운에게는 어떤 비책이 있으리란 믿음이 있다.

이화운이 피식 웃었다.

"당신 계획, 멋진데?"

"그러시겠죠."

못 말린다는 표정으로 고개를 내젓던 설수린이 한숨을 내쉬며 말했다.

"지금쯤 조금산이 만 명쯤 되는 수하들에게 명령하고 있을지 몰라요. 내 천금 같은 손녀를 희롱하고 본장을 우습게 여긴 그놈을 잡아와라. 살려서 데려올 필요 없다!"

전호가 짐짓 겁먹은 표정을 지었다.

"이러고 있을 때가 아닙니다. 피해야 합니다. 여긴 곧 지옥이 될 거라고요!"

"어서 가서 이 사람과 관계된 기록부터 없애야겠다."

두 사람의 너스레에 이화운이 웃으며 말했다.

"그는 그러지 않을 거야."

"그렇게 확신하시는 이유는요?"

"그는 평판을 중요시하는 사람이니까. 내게 문제가 생기면 강호인들은 만금장의 소행이라고 생각하겠지. 오히려 그는 나를 보호해야 할 처지야."

맞는 말이란 생각이 들었다. 그래, 이 사람이 허투루 일을 처리할 리 없지.

"한여름에 서리를 내리는 여인의 원한은요? 조수아는 당신에게 복수하려고 이를 갈고 있을 거라고요."

그러자 전호가 나섰다.

"아닐 수도 있어요."

"뭐? 그게 무슨 말이야?"

"남녀 관계니까요. 애증(愛憎)이란 말 들어보셨죠? 사랑과 미움. 누군가를 좋아하는 감정만큼이나 미워하는 감정도 강렬하게 남죠. 마음의 상처는 사람을 뒤흔들기 마련이지요. 오래 남고요. 아, 여자 이야기하니까 추 소저 보고 싶네."

대충 무슨 말인지 알 수 있었다. 미움과 사랑은 종이 한 장 차이라는 말.

하지만 설수린은 정확히 그것이 어떤 것인지는 알 수 없었다. 말로 들어서 머리가 아는 것과 진짜 몸과 마음으로 느껴 아는 것은 다르니까.

남녀 관계에서 누군가를 진정 사랑하고 미워해 본 적이 없었기 때문이었다. 산전수전 다 겪은 것처럼 굴어봤자, 남녀 관계야 애송이였으니까.

설수린과 이화운의 시선이 마주쳤다. 이화운을 향한 설수린의 눈빛이 더없이 깊었다.

그를 미워하게 될 날이 오게 될까?

그와 나의 끝은 어떤 모습일까? 문득 이화운과 자신의 앞날이 궁금해졌다.

설수린이 시선을 돌리며 전호에게 물었다.

"그녀가 이 사람을 좋아하게 될 수도 있다?"

"당연히요."

설수린이 눈을 가늘게 뜨고 장난스럽게 말했다.

"그녀 마음 받아주지 마요!"

"왜?"

"걔, 마음에 안 들더라고요. 돈만 알고, 버릇도 없고. 그거 아니라도 별로예요. 여자는 여자가 잘 본다고요."

이화운이 고개를 끄덕이며 말했다.

"그러지."

"네? 뭐가요?"

"그 여자 마음, 안 받아 주겠다고."

"아니…… 그렇다고 그렇게 딱 잘라 말할 것까진 없는데. 제가 간섭할 일도 아니고."

"그럼 받아 줘?"

"아뇨, 그건 아닌데."

결국, 얼굴이 붉어진 그녀였다. 그 모습을 지켜보며 이화운이 미소를 지었다.

전호가 이화운의 귓가에 속삭였다.

"놀리는 맛이 있죠?"

이화운이 고개를 끄덕였고 설수린은 이마를 찡그렸다.

"다 들리거든?"

전호가 웃으며 말했다.

"착해서 그래요. 착해서 다 받아 주시는 거죠."

"얼씨구."

"우리 대주님이 최고죠."

"그래. 신나게 갖고 놀다가 제자리에만 돌려놓으라고!"

그녀는 이 분위기가 좋았다. 아무리 위험한 상황에 부닥쳐 있어도 이화운과 함께 있으면 마음이 편했다. 한 시진 후에 강호가 멸망해 모두가 사라진다 해도 이 사람과 함께 있으면, 편안한 마음일 것 같은. 거기에 전호까지 있으면 깔깔대다 죽겠지.

"그래서 이제 어떻게 하실 건가요?"

그녀는 이화운이 진짜 대책 없는 것은 아닐 것으로 생각했다. 그는 분명 계획을 세웠을 것이다. 그녀와 내기를 하면서 뭔가 기발한 생각을 해냈겠지.

이화운의 두 눈에서 예리한 빛이 발했다.

"아까 말한 대로다. 조금산의 금고를 털어 증거를 찾아내야지. 그리고 아마 이번 일에는 우리가 아는 사람을 총동원해야 할 거야."

＊　　　＊　　　＊

그 첫 번째 사람은 바로 무영신투였다.

다시 찾아온 이화운과 설수린을 보며 그가 기겁했다.

"또 왜? 또 왜!"

금방이라도 울 것 같은 그를 보며 설수린이 활짝 웃었다.

"왜긴요. 도움이 필요해서지요."

"지난번에 도와줬잖아!"

"그건 지난번이고요. 그게 마지막이라고 하지는 않았잖아요?"

"헐."

"그 사이 더 귀여워지셨어요."

"뭐?"

무영신투가 황당하다는 표정을 지었다. 사람마다 천적 관계란 것이 존재하는지, 이상하게 설수린을 당해낼 수가 없었다.

마치 그런 마음을 읽었다는 듯, 설수린이 불쑥 말했다.

"예뻐서 그래요."

겉으론 어이없다는 표정을 지었지만 내심 무영신투는 그 말을 인정했다. 정말 아름다운 여인임은 부정할 수 없었으니까.

무영신투가 이화운에게 물었다.

"그래서 이번에는 무슨 일이냐? 지난번에 내 경신법을 모두 전수해 주지 않았더냐?"

"그래도 당신이 필요하오."

"왜지?"

"이번 일은 단지 신법만으로 해결할 수 없는 일이니까. 당신의 경험이 필요하오. 오직 당신만이 할 수 있는 일이라 생각하오."

"후후."

무영신투는 왠지 인정받았다는 생각에 기분이 좋아졌다.

"내 경험이 필요하다면? 뭔가를 훔치려는 것이군."

무영신투의 추측에 이화운이 고개를 끄덕였다.

"누구 집을 털 것이냐?"

분명 대단한 사람의 집일 것이란 생각이 들었다. 그렇지 않다면 자신을 찾아오지도 않았을 테니.

"조금산."

"……!"

무영신투의 눈이 휘둥그레 커졌다. 그가 애써 놀람을 억누르며 다시 물었다.

"어느 조금산?"

"지금 당신이 떠올린 바로 그 조금산."

"아니, 아니. 난 그 조금산을 떠올리지 않았다."

설수린이 슬쩍 끼어들었다.

"봐요, 떠올렸잖아요?"

"아니라고!"

무영신투가 버럭 소릴 내질렀다.

"이 미친 것들이! 이제 별의별 짓을 다! 안 돼! 절대 안 돼! 뒈지려면 둘이 손잡고 산이나 바다로 가! 왜 날 찾아와서 같이 죽으려는 것이냐?"

방방 뛰는 그를 두 사람은 가만히 지켜만 보았다.

이윽고 한참을 미친놈처럼 고래고래 소릴 지르던 그가 흥분을 가라앉혔다.

"우리 도둑놈들은 실력을 어떻게 가르는지 아느냐?"

"어떻게요?"

설수린이 기분 좋게 그의 말을 받았다.

"바로 누구 집을 털었느냐, 혹은 털 수 있느냐. 그것으로 나누지. 너희 강호인들이 비무를 해서 강함을 정하듯, 우린 그렇게 정하지."

"아, 그렇군요."

"우리 세계에서 조금산의 집을 턴다는 것이 어떤 의미인지 아느냐? 너희 강호인들로 치자면 바로 천하제일 고수가 된다는 뜻이야."

그 말을 들으니 조금산의 집을 터는 것이 막연히 생각했던 것보다 훨씬 더 어렵게 느껴졌다.

"그래서 선배를 찾아왔잖아요."

그녀가 애써 비위를 맞춰 주었지만 무영신투는 한숨만 내쉬었다.

"나도 혈기왕성하던 소싯적에는 조금산의 집을 털어 보려고 시도한 적이 있었지."

하지만 무영신투는 고개를 내저었다.

"불가능해. 그의 집을 터는 것은."

설수린이 물었다.

"왜죠? 무시무시한 기관 장치가 있나요?"

"아니. 그의 집에 기관 장치는 없어."

"네?"

예상치 못한 대답에 설수린도, 이화운도 깜짝 놀랐다.

"조금산은 그런 기관 장치를 믿지 않아. 왜 그런 사람 있잖아? 아무리 안전한 기관 장치라 해도, 그 아래를 지나다니기 싫어하는 사람. 그것이 고장 나서 발사될지도 모른다는 공포심을 지닌 사람. 조금산이 바로 그런 불안증이 있는 사람이지."

설수린은 그것이 어떤 것인지 알 것 같았다. 사실 그런 불안감은 사람마다 한두 개쯤은 지니고 있는 부분이기도 했다. 정도의 차이가 있을 뿐이지.

"그는 오직 자신이 키워낸 사람만 믿지."

달리 말하면 그 자신만을 믿는다는 말과 마찬가지일 것이다.

"삼 년을 조사했지. 그리고 알아냈어. 그 금고를 지키는 사람이 누군지를. 그때 깨끗이 포기했지."

"누구죠?

무영신투의 입에서 죽었다고 알고 있는 이름이 흘러나왔다.

"신검(神劍) 차수(車秀)."

설수린은 물론이고 이화운조차 깜짝 놀랐다.

신검 차수.

그는 나이가 족히 아흔 살이 넘었을 한 세대 이전의 고수였다.

그리고 그는 일반적인 고수가 아니었다. 천무광이 새파란 청년이던 시절, 이미 그는 천하제일 고수였다.

무영신투가 긴 한숨을 내쉬며 말했다.

"그가 조금산의 금고를 지키고 있다."

*　　　*　　　*

한 대의 마차가 달빛의 안내를 받으며 숲길을 달린다.

휘장이 창을 가린 마차에는 조금산이 타고 있었다. 그는 출발한 이후 지금까지 한 사람의 이름만을 반복해서 되뇌었다.

"이화운, 이화운이라."

특별하게 제작된 그의 마차는 제법 빠른 속도로 달리고 있었지만 조금도 흔들림이 없었다.

손녀가 그와 내기를 해서 백삼십칠만 냥을 잃었다는 보고를 받았다. 절대 그냥 넘어갈 수 없는 일이 벌어진 것이다. 해결 방법은 여러 개가 있었다.

하지만 그 많은 해결 방법을 두고 그는 마차에 올랐다. 상대가 이화운이라면 먼저 만나야 할 사람이 있었던 것이다.

빠르게 숲길을 달리던 마차가 으슥한 곳으로 들어섰다. 새소리, 바람 소리만 들리는 그곳에 또 다른 마차가 기다리고 있었다.

조금산의 마차가 기다리고 있던 마차 옆에 나란히 섰다. 서로 마주 본 마차의 창이 손을 내밀면 닿을 듯 가까웠다.

조금산이 휘장을 걷었다.

그러자 반대쪽 마차의 휘장도 걷어졌다. 휘장 뒤에 한 사내가 모습을 드러냈다.

잘 생기고 강렬한 느낌의 눈빛. 명문 정파의 대공자 같기도 하고, 낭인 무리에 섞여 있어도 잘 어울릴 것 같은, 그는 뭐라 말로 표현할 수 없는 독특한 느낌을 주는 사내였다. 그가 바로 이화운의 대사형인 백리철이었다.

먼저 인사를 건넨 것은 백리철이었다.

"조 대인, 오랜만에 뵙습니다."

나직이 깔리는 목소리에 묘한 힘이 느껴졌다. 그의 정중한 인사에 조금산이 미소를 지으며 말했다.

"오랜만이오, 대호(大虎)."

큰 호랑이, 대사형은 조직의 최고 수장 대호였다. 조금산은 백리철을 비롯해 십호까지의 인물에 대해 다 알고 있었다. 단 한 명, 일호만 제외하고.

이호인 자신과 백리철 사이에 누군가 있었다. 그리고 백리철은 그가 누구인지 알려주지 않았다. 철저하게 비밀에 싸인 인물이 바로 일호였다.

"조 대인 덕분에 일이 순조롭게 진행되고 있습니다."

백리철은 조금산을 이호라 칭하지 않고 조 대인이라고 높여 주었다. 특별 대우라고 할 수 있었다. 사실 조금산은 애초에 이호가 아닌 외부 조력자로 이번 일에 끼어들 수도 있었다.

하지만 그는 그러지 않았다. 그는 상계의 우두머리가 되기까지 수많은 경험을 하면서 한 가지 절실하게 깨달은 바가 있었다.

직접 뛰어들지 않으면 아무것도 얻을 수 없다.

한발 물러서서 목이 터져라 훈수를 둬 봐야 그 판은 자신이 이기는 판이 아니란 것을.

무엇인가를 얻으려면 뛰어들어야 한다.

그리고 거기에 또 한 가지, 조금산은 돈을 더 벌기 위해 이번 일을 시작한 것이 아니었다.

그것이 바로 천하에서 가장 돈이 많다고 알려진 그가 기꺼이 이 조직의 이호가 된 이유였다.

"이 늙은이가 한 일이 뭐가 있겠소?"

조금산의 겸손에 백리철이 미소를 지었다. 그에게서 명문 정파의 사람 좋은 대공자의 풍모가 느껴졌다. 하지만 조금산은 안다. 그가 얼마나 무서운 사람인지. 그의 마음속에 들어 있는 칼이 얼마나 날카로운 것인지. 겉으로 드러나는 모든 것으로 판단해서는 절대 안 될 상대. 정말 조심해서 다뤄야 할 위험한 상대.

"한데 무슨 일로 저를 보자고 하셨습니까?"

조금산이 잠시 사이를 두고 대답했다.

"이화운이 자네 사제라고 했던가?"

"그렇습니다."

이화운이란 말에 뭔가 반응이 있을 법도 했는데, 백리철은 여전히 담담했다.

늙은 생강처럼 매운 눈빛으로 조금산이 나직이 말했다.

"그와 관련해서 세 가지 질문이 있네."

第五章

월하대담

天下第一

조금산의 첫 번째 질문은 돈과 관련된 것이었다.

"우선 이화운 그 아이에게 백삼십만 냥이라는 거금이 있었다던데?
대체 어디에서 난 돈인가?"

조금산은 돈과 관련된 정보를 알면 상대에 대해 모든 것을 알 수 있
다고 자신했다. 돈을 얼마나 벌었는가, 또 어떻게 벌었는가, 그렇게
번 돈을 어떻게 투자하는가? 그 흐름을 보면 상대를 알 수 있다는 지
론이었다.

하지만 백리철의 대답은 그의 기대에 부응하지 못했다.

"저도 모르는 돈입니다."

"그래?"

조금산이 그 진의를 파악하기 위해 눈을 가늘게 떴지만 백리철의

마음을 알아차리진 못했다.

"능력이 있는 아입니다. 더 많은 돈이 있다 하더라도 이상하지 않습니다."

"좋네. 두 번째 질문을 하겠네. 자네 사제는 어떤 사람인가?"

물론 조금산은 이화운에 대해 알 만큼 알고 있었다. 백리철의 사제이자, 천기자가 예언한 강호를 구할 주인공. 그래서 반드시 죽여야 할 대상. 그랬기에 조금산은 조금 더 특별한 대답이 나올 것으로 예상했다.

"총명하고 강한 사람입니다."

"단지 그것뿐인가?"

하지만 백리철의 평가는 평범했고 더 나아가 박했다.

"분명 뛰어난 아이지만 그렇다고 대세를 바꾸지는 못할 겁니다."

조금산은 그 말에 담긴 뜻을 알 수 있었다. 자신들의 일을 방해할 수 있을 정도는 아니라는.

'그래서 지금까지 살려 둔 것일까?'

조금산은 그가 왜 지금까지 이화운을 죽이지 않았는지 궁금했다. 하지만 대놓고 묻지는 않았다. 자신이 거물이라면 백리철도 거물이었다. 자신이 기꺼이 이호가 될 정도의 인물. 그런 인물이 아무 생각 없이 행동하고 판단을 내리진 않았을 것이다.

'지금까지는 분명 살려야 할 이유가 있었겠지.'

하지만 이제 상황은 바뀌었다.

"마지막 질문이네."

"하십시오."

"그를 죽여도 되나?"

조금산은 마지막 질문을 돌려 하지 않았다. 만금장의 명예가 달려 있었고, 백리철과 함께 하는 대업이 달린 문제였다.

백리철 역시 돌려서 대답하지 않았다.

"저는 사제들을 잊은 지 오래입니다."

다시 말해 죽여도 좋다는 뜻이 담긴 대답이었다.

조금산의 입가에 옅은 미소가 지어졌다.

"알겠네. 그럼 다음에 또 보세."

"보중하십시오."

조금산의 마차가 먼저 떠나가고 나자 그곳에 한 여인이 등장했다. 조용히 모습을 드러낸 사람은 바로 삼호였다.

"왔어?"

"당연히 왔죠. 누구 명령인데 오지 않겠어요?"

왠지 모르게 그녀는 까칠했다.

"보고 있으니 거짓말을 잘하시더군요. 당신은 사제들을 잊지 않았 잖아요? 특히 삼 공자는 더욱이."

그녀는 그 어떤 상대에게도 자신의 감정을 능숙하게 조절할 수 있 었다. 하지만 세상에 딱 한 사람, 백리철 앞에서는 그것이 안 되었다. 그를 보면 심장이 뛰고, 머릿속이 텅 비어 버리는 기분이 들었다. 한 번 화낼 것을 열 번이나 화를 내게 되고, 손가락 하나 아플 일도 온몸 이 찢어지도록 아팠다.

"일전에 왜 막지 않으셨죠?"

"무슨 말인지 모르겠군."

"제가 삼공자를 죽이려 했다는 것을 알고 계시잖아요?"

조직에서 일어나는 모든 일이 그에게 보고되고 있었다. 자신의 모든 계획이. 그리고 조직의 움직임 하나하나가. 그녀는 조직의 총군사로 모든 일을 처리했지만, 이 조직은 엄연히 백리철의 것이었다.

"당신은 사형제들을 건들지 말라고 했죠. 특히 삼공자는 절대."

하지만 그녀는 이화운은 물론이고 임하령도 진가장으로 찾아오면 죽이란 명령을 내렸다. 백리철의 가장 큰 약점이 바로 사제들이라 생각했으니까.

삼호는 마차 창문으로 보이는 그의 옆모습을 말없이 응시했다. 백리철은 자신을 향해 고개를 돌리지 않았다. 언젠가 그에게 물은 적이 있다.

자신을 어떻게 생각하느냐고. 자신을 사랑하기는 하느냐고.

그때 백리철은 이렇게 말했다.

—사랑 따윈 내 삶에서 지운 지 오래다.

그녀는 정말이지 눈물이 나려는 것을 억지로 참으며 물었다.

—그럼 왜 저를 옆에 두는 거죠?

그녀의 물음에 그는 다음과 같이 대답했다.

—이용 가치가 있으니까.

그 말을 들었던 순간에는 너무나 서럽고 화가 났었다. 결국, 그녀는 눈물을 흘리고 말았다.

하지만 시간이 지나서 그 일을 생각했을 때, 오히려 고마운 마음이 들었다.

당신이 필요해서라고 말할 수도 있었을 것이다. 속이려고 들면 얼마든지 속일 수 있었을 것이다. 사랑이라는 이름으로.

진실이 주는 힘일까?

그것이 아니라면, 비참함을 감추기 위해 스스로 만들어낸 바보 같은 환상일까? 적어도 자신에게만큼은 솔직하다는.

그녀는 무엇이라도 좋다고 생각했다. 마음속 응어리가 풀렸고 그를 따르기로 했으니까. 그리고 그녀는 여전히 그를 사랑했다.

사내 냄새 물씬 나는 육호를 가까이 두는 이유도 바로 백리철 때문이었다. 백리철에게 전해져야 할 애정이 육호에게 흘러 나가고 있었다.

그리고 그 마음의 가장 깊숙한 곳에는 한 가지 열망이 숨겨져 있었다.

질투.

그녀는 백리철이 질투해 주기를 바라고 있었다.

백리철은 알 것이다. 그녀가 항상 육호를 데리고 다니는 것을. 그와 나눈 한 마디 한 마디가 보고되고 있을 것이다.

백리철은 무덤덤한 얼굴로 앞만 바라보고 있었다. 마치 앞자리에 그녀가 앉아 있기라도 한 듯.

'대체 그는 무슨 생각을 하는 것일까? 그리고 그는 지금 무엇을 보고 있는 것일까?'

삼호는 답답함을 애써 억누르며 다시 말했다.

"삼공자는 이제 당신조차 감당할 수 없을지 모를 정도로 성장하였지요. 왜 삼공자를 살려 두려고 하는지 그 이유를 말해 주지 않는 한 저는 계속 그를 죽이려 할 것이에요."

백리철은 아무 말도 하지 않았다.

"삼공자는 당신보다 뛰어나니까요."

그녀는 백리철에게 상처가 될지도 모를 말을 서슴없이 내뱉었다.

"언젠가 삼공자는 당신을 파멸시킬 거예요."

평소답지 않게 감정이 고조된 그녀에 반해 백리철은 평소처럼 차분했다.

"그럴지도 모르지."

그녀는 조금산에게 이화운을 죽여도 좋다고 한 백리철의 속마음을 짐작했다.

그는 조금산이 이화운을 죽일 수 있다고 생각하지 않는 것이다. 오히려 조금산의 힘을 줄이는 데 이화운을 이용하고 있다는 추측이 옳을지도 몰랐다.

어떤 이유에서인지 백리철은 이화운을 필요로 하고 있었다. 어쩌면 그녀 자신보다도 더.

"전 당신이 파멸하는 것을 원하지 않아요. 전 반드시 삼공자를 죽일 거예요. 당신을 위해서."

그리고 마음속에 떠오른 하나의 생각.

'우리를 위해서.'

세상 누구보다 똑똑한 그녀였지만 백리철 앞에서만은 그저 가녀린 여인에 불과했다. 그리고 그녀는 그런 자신이 싫지만은 않았다. 오로지 백리철 앞에 있을 때만 살아 있음을 느끼니까. 여인이자 인간임을 느끼니까.

백리철이 고개를 돌렸다. 마차 안의 그와 마차 밖 그녀의 시선이 허

공에서 마주쳤다.

백리철이 마차 창문의 휘장을 닫으며 말했다.

"화운이가 조금산에게 집중하는 사이 천무광을 제거하도록."

사무적인 명령만을 남긴 채 마차가 출발했다.

혼자 남은 그녀가 달빛을 올려다보았다. 오늘따라 달빛이 휘영청 밝았다.

*　　　*　　　*


같은 시각, 이화운과 설수린도 달빛 아래 은밀한 곳에서 누군가를 만나고 있었다. 상대는 바로 정보 상인 서공찬이었다. 이화운의 말처럼 아는 사람이 총동원되고 있었다.

"허허허."

"왜 그렇게 웃어?"

"두 사람 보니까 심장이 떨려서."

농담처럼 말하고 있었지만 그건 서공찬의 진심이었다. 이전 정보를 전하면서 이만 냥이라는 거금을 벌어들인 그였다.

"당신들 위험해. 보고만 있어도 심장이 쫄깃쫄깃해지는 기분이야."

"그런데 왜 나왔어?"

그러자 서공찬이 히죽 웃으며 말했다.

"큰돈 버셨다면서?"

"역시 빠르시군."

설수린은 실소했다. 하긴 정보 상인인 그가 수많은 구경꾼까지 있었던 그 일을 모른다는 것이 오히려 이상했다.

"그렇다고 바가지 씌우려 했다간. 알지?"

"그러지 말고 같이 먹고 살자!"

"좋지. 일단 나랑 재산 합쳤다가 반으로 가르자. 같이 먹고 살아야지!"

"하하하."

서공찬이 웃으며 화제를 돌렸다.

"그래서 이번에는 무슨 정보가 필요하신가? 야밤에 이리 으슥한 곳까지 불러내신 것을 보니 중요한 정보인 것 같은데."

이화운이 불쑥 말했다.

"신검의 정보가 필요하오."

"신검? 어느 신검? 강호에 신검이 들어가는 별호를 쓰는 이들이 어디 한둘이어야지. 벽력신검? 섬서제일신검? 귀주신검? 누구?"

"신검 차수."

"차수? 차수라. 차수. 차수!"

이름을 반복해서 되뇌던 서공찬이 천천히 두 눈을 부릅떴다.

"……미쳤군."

너무 놀라 그의 목소리가 갈라졌다. 그의 반응은 차수가 현재에도 살아 있음을 알고 있다는 것이었고, 또 그가 조금산의 금고를 지키고 있다는 것 또한 안다는 반응이었다.

"안 돼. 절대 안 돼!"

"왜 안 돼? 조금산도 조사해 줬잖아?"

"그거랑 달라. 다르고말고."

"뭐가 달라?"

"누군가를 조사해 줄 수는 있어. 왜냐? 조사한 바로 무엇을 할지 모르니까. 아, 물론 대부분 나쁜 일에 이용하려고 조사를 하긴 하지만. 어쨌든 그가 그 정보를 어떻게 사용하느냐까지 책임질 필요는 없지."

"그런데?"

"하지만 차수에 대한 정보는, 애초에 무엇 때문에 그 정보를 사려는지 알 수 있지. 그런데도 정보를 판다? 조금산이 그냥 있을 것 같아?"

"안 걸려. 걸려도 넌 괜찮아. 날 믿어."

"웃기지 마. 넌 아직 고문 같은 것 안 당해 봤지?"

"나 고통을 잘 참아. 알잖아? 내가 얼마나 독한 년인지?"

"알지. 하지만 그건 네 고통인 경우지. 당신이 좋아하는 사람을 붙잡아다 옆에서 고문하는 것도 잘 참나?"

"……!"

그 말에는 아무 대답을 할 수 없었다. 만약 그 사람이 이화운이라면? 전호라면? 과연 서공찬의 이름을 불지 않을 수 있을까?

젠장! 저 망할 놈이 나를 정확하게 파악하고 있었군.

서공찬은 고개를 가로젓는 것도 모자라 손사래까지 쳤다.

"안 돼! 차수는 절대 안 돼! 세상에는 절대 건드려서 안 되는 것도 있는 법이야. 아무리 돈이 좋더라도 안 돼."

"정보가 있긴 있네."

"없어! 있어도 안 줘! 이 자리에서 날 죽인데도 안 돼!"

듣고 있던 이화운이 입을 열었다.

"십만 냥 주겠소."

십만 냥이란 말에 서공찬이 흠칫 동요했다. 십만 냥은 그야말로 십 년에 한 번 올까 말까 할 그런 대박 거래였다. 두고두고 생각만 해도 흐뭇할 그런 거래. 절대 놓쳐서는 안 될 그런 거래.

설수린이 이화운에게 소리쳤다.

"당신 미쳤어요? 오만 냥. 아니지. 삼만 냥으로도 충분해요."

그때 서공찬이 한숨을 내쉬며 말했다.

"십만 냥이라도 안 되오. 십만 냥에 내 목숨을 팔 수는 없소."

서공찬이 돌아섰다. 돌아서 걸어가는 그에게 이화운이 불쑥 말했다.

"십만 냥에 진공(秦供)의 행방에 대한 단서도 알려 주지."

순간 서공찬이 발걸음을 멈췄다. 충격을 받은 얼굴로 그가 천천히 돌아섰다.

"방금 뭐라고 했소?"

"진공의 행방에 대한 단서를 알려주겠다고."

"당신이 어떻게 그것을?"

이화운이 차가운 표정으로 말했다.

"누군지도 모르는 사람에게 조사를 맡겼을 것으로 생각했나? 그렇다면 나를 잘못 봤군."

그녀의 가슴이 서늘해졌다. 오랫동안 서공찬을 만나왔지만 그를 조사할 생각이라거나, 그에게 어떤 사연이 있을 것이란 생각을 해 본 적은 없었다. 그녀에게 그는 그냥 정보 상인 서공찬이었으니까. 하지만 이화운은 자신도 모르게 서공찬에 대해 조사를 마친 것이다.

어쨌든 그건 그렇다 치고.

"진공이라면 의선(醫仙) 진공?"

그는 강호에서 가장 이름난 의원이었다. 죽은 사람도 살린다고 알려진 화타였다. 한데 오래전에 소식이 끊어져 모두 강호를 완전히 떠났거나 죽은 것으로 생각했다.

"대체 어떻게 된 일이에요?"

설수린의 물음에 이화운이 나직이 대답했다.

"그의 큰아들이 아프다. 오랫동안 불치병을 앓아 왔지."

"뭐라고요?"

깜짝 놀란 설수린이 서공찬을 쳐다보았다. 금시초문이었다. 항상 농지거리나 주고받던 사이라 그에게 이런 사연이 있을 줄은 정말 몰랐다.

"아마 정보 상인을 시작한 것도 의선을 찾기 위해서일지도 모르지."

이화운의 말에 서공찬의 눈동자가 흔들렸다.

서공찬이 떨리는 목소리로 물었다.

"당신이 진공이 어디에 있는지 알고 있다고?"

이화운이 고개를 끄덕였다.

"오 년 전에 그가 어디에 있었는지 알고 있소. 그때 그를 만났으니까. 그가 아직도 그곳에 있을지는 모르겠지만, 만약 떠났다 하더라도 당신이라면 충분히 찾아낼 수 있겠지. 단서가 남아 있을 테니까. 어떻소? 내 정보를 사겠소?"

헐. 이 사람 저 서공찬에게 정보까지 팔아먹는구나.

다르구나. 이 사람은 달라. 애초에 문제에 접근하는 방식이 달라. 강호를 살아가려면 이래야 하는데.

전호 말마따나 자신은 너무나 무르게 살아가고 있는 것은 아닌지 모르겠다는 생각이 들었다.

이윽고 서공찬이 담담히 말했다.

"일을 맡겠소. 그리고 돈은 필요 없소."

                    *          *          *


서공찬을 만나고 돌아온 그날 밤 이화운은 무림맹의 숙소 마당에 서 있었다.

오늘따라 달이 크고 밝았다. 이화운은 뒷짐을 진 채 달을 올려다보았다. 은은한 달빛에 마음이 따스해지며 기분이 좋아졌다. 그리고 그때 그보다 열 배는 더 그의 기분을 좋게 만드는 목소리가 뒤에서 들려왔다.

"무슨 생각을 그리해요? 오늘 번 돈 어디에 쓸까 고민 중이신가요? 백삼십칠만 냥. 거기에 십만 냥도 굳고."

돌아보니 설수린이 찻잔을 내밀고 있었다. 더운 여름밤, 더위를 쫓아내 줄 시원한 차였다.

"원한다면 같이 써 줄 용의 있어요."

"전부 술 사줄까?"

"진심이시죠?"

"물론."

"또 이러신다."

두 사람이 마주 보며 미소를 지었다.

그녀가 웃으며 이화운과 나란히 섰다. 달빛 좋은 밤에 나란히 차를 마시니 절로 기분이 좋아졌다. 운치(韻致) 있는 밤이다.

그러고 보니 예전에 그와 함께 달빛 아래서 술을 마신 적이 있었다. 그때 자신도 모르게 그에게 어깨동무하는 바람에 난감했었는데. 그때를 생각하니 절로 미소가 지어졌다.

"내가 왜 이렇게 돈이 많은지 안 궁금해?

앞서 내기에서 이기고 왔을 때에도 그녀는 그것을 묻지 않았다.

"궁금해요."

"그런데 왜 안 물어?"

"언젠가 알려 주겠죠. 기회가 되면."

언제나 그와의 관계가 그러했으니까. 다 말해 주지 않더라도 알 수 있는 관계.

그래, 속속들이 다 아는 것이 최고의 가치는 아닐 것이다. 모든 것을 다 말해 주어서, 그래서 정말 친해졌다고 생각하는 그 순간, 그것을 이용해 사정없이 뒤통수치는 것이 사람들이니까.

그녀가 이화운을 힐끗 쳐다보았다.

"엊그제 당신을 만난 것 같은데."

벌써 몇 달이란 시간이 지났다. 정말이지 올봄, 처음 임무를 받고 중경으로 떠날 때까지만 해도 그 일이 이렇게 엄청나게 발전할 줄은 정말 꿈에도 몰랐다.

그녀가 이화운을 돌아보았다. 그는 평소와 다름없는 눈빛으로 밤하늘을 올려다보고 있었다. 그를 보고 있으면 왠지 마음이 편안해졌다.

그래, 이 사람은 이런 믿음을 주는 사람이었지.

그것은 그야말로 절대적인 믿음이었다. 이 사람과 함께라면 그 어떤 일도 헤쳐 나갈 수 있을 것이란 확신.

머리가 믿는 것이 아니었다. 그와 함께 있는 그녀의 마음은 더없이 차분했으니까. 이미 그녀의 마음이 믿고 있었다.

"당신은 겁 안 나요?"

"뭐가?"

"뭐든지요. 조금산도, 당신 대사형도, 강호 멸망도…… 그래서 결국 죽게 되는 것도."

예전에는 죽음이 겁나지 않았다.

칼 찬 강호인이라면 누구나 한 번쯤 자신의 최후에 대해 생각해 볼 것이다. 어딘가 이름 모를 산속 깊은 곳에서 죽어가고 있는 자신의 모습을.

그녀는 항상 생각한다.

바람이 불어 들풀이 흔들리고, 새소리를 들을 수 있다면. 그리고 푸른 하늘을 한 번쯤 올려다볼 여유가 있다면 그 죽음이 그리 안타깝지만은 않을 것이라고.

애써 그런 장면을 떠올려, 죽음에 대한 공포를 잊었다. 한데 이제는, 좀 겁이 났다. 이화운을 만나고 나서 더 겁이 난다. 이렇게 강한 사람이 옆에 있는데. 왜 겁이 나는지는 알 수 없었다.

이화운이 차분히 말했다.

"나도 죽는 것 겁나."

"말도 안 돼!"

"왜 말이 안 되지?"

"뭐랄까, 당신은 죽음을 두려워하는 것은 고사하고 죽음에 대해 생각조차 안 할 사람 같거든요."

"그렇지 않아. 나도 평범한 사람인데."

"좋아요, 그럼 당신. 죽음에 대해 어떻게 생각해요?"

이화운이 잠시 고민하는 표정을 지었다. 그가 어떤 대답을 할지 궁금했다. 이윽고 이화운이 대답했다.

"언젠가는 죽겠구나."

"그럼 그렇지. 고민은 무슨 고민. 겁은 무슨 겁."

그녀가 깔깔 웃었다.

이번에는 이화운이 물었다.

"당신은 어떻지? 죽음에 대해서 말이야."

"저야 당신보다 훨씬 수준 높은 고민을 해 왔죠."

"뭐지?"

이번에는 그녀가 고민하는 척했다. 이윽고 그녀가 말했다.

"죽으면 다 끝이겠구나."

그녀의 대답에 이화운이 피식 웃었다. 함께 미소 짓던 설수린의 표정이 진지해졌다.

"어차피 인간은 죽음을 향해 걸어가고 있으니까요."

그녀의 말에 이화운이 그녀를 돌아보며 말했다.

"중요한 것은 어떤 길을 어떤 마음으로 걸어가느냐겠지."

설수린도 이화운과 같은 마음이었다.

그렇게 차를 마시던 그녀가 무심코 자신의 원앙환을 매만졌다. 자연스럽게 시선이 이화운의 손가락으로 향했다. 원앙환은 그의 손가락에 없었다. 조수아에게 접근하는데 두 사람이 같은 반지를 끼고 있을 수는 없었기에 뺀 것이다.

당연한 일이었지만 막상 그의 빈 손가락을 보니 설수린은 마음이 허전했다. 그래서 부리는 괜한 심술.

"하하하. 저도 반지 뺄까요? 너무 비싼 거라서 어디 둘 곳이 마땅치 않아서. 돈 주면 전장에서도 맡아주긴 한다고 하던데."

"빼지 마."

"왜요? 어차피 원앙환은 한 쌍이 되어야 효능을 발휘하잖아요?"

이화운이 말없이 목에서 무엇인가를 꺼냈다. 그것을 본 설수린이 깜짝 놀랐다.

이화운의 목에 목걸이가 걸려 있었고, 반지가 거기에 끼워져 있었던 것이다.

"아!"

그것을 보는 순간 그녀의 가슴이 울컥했다. 이화운은 반지를 몸에 지니고 있었던 것이다. 물론 그녀가 걱정되어서였다. 원앙환이 있다면 그녀의 위기를 알아차릴 수 있을 테니까.

은은한 달빛을 타고 두 사람의 시선이 허공에서 만났다. 부끄러운 마음에 설수린의 시선이 먼저, 그리고 이화운이 뒤따라 달로 향했다.

이화운이 머쓱하게 말했다.

"알다시피 비싼 거라서."

설수린의 입가에 따스한 미소가 지어졌다. 그녀는 마음속으로 앞서 이화운이 했던 말에 한 가지를 덧붙였다.

중요한 것은 어떤 길을 어떤 마음으로, 그리고 '누구'와 함께 걸어가느냐겠지요.

*     *     *

조금산은 예상보다 빠르게 이화운을 찾아왔다.

다음 날 아침 숙소로 곧장 찾아온 것이다. 야율강이 임시 맹주가 된 지금, 그리고 천무광이 회복할 가능성이 없다는 것이 공공연한 사실이 된 지금, 무림맹은 조금산의 것이라 해도 과장이 아니었다.

숙소 주위의 모든 경계를 물린 후, 조금산은 자신의 수하들을 거느리고 그곳을 찾은 것이다.

"누구신지요?"

설수린이 모른 척 물었다.

"나, 조금산이라는 사람이네."

눈빛도, 표정도, 말투도. 그는 자신만만했다. 그것은 바로 돈의 힘이었다. 그 돈을 벌어낸 자신감, 그리고 그것이 만들어 낸 힘이었다.

"뵙게 되어 영광입니다."

"이곳에 이화운 공자가 묵고 있다고 들었네."

"네, 그렇습니다만."

"만나볼 수 있겠나?"

"잠시 기다려 주시지요."

설수린이 집 안으로 들어갔다. 조금산이 온 것을 알았지만, 이화운은 느긋하게 앉아서 차를 마시고 있었다.

혹시나 조금산과 함께 온 고수들이 들을까 두 사람은 전음으로 대화했다.

『그가 왔어요.』

『생각보다 빨리 왔군.』

『아직 서공찬으로부터 정보가 오지 않았잖아요?』

『오늘 밤이나 되어야 도착할 거야.』

서공찬은 중요한 정보들은 낭인 소개소로 위장된 자신의 집무실에 보관했다.

하지만 절대 흘러나가서는 안 될, 정말 중요한 정보들은 모종의 비밀 장소에 따로 보관했다. 그 정보를 가져오는 데 하루의 시간이 걸린다고 했다. 일단 차수에 대한 정보를 입수해야 제대로 작전을 세울 수 있을 것이다.

『시간을 끌어야겠군.』

『어떻게요?』

다시 차를 한 모금 마신 후 이화운이 담담히 말했다.

"우선은 잠시 기다리라고 해줘."

그녀는 느낄 수 있었다. 조금산과의 기싸움이 이미 시작되었다는 것을.

"네, 알았어요."

설수린이 군말 없이 밖으로 나갔다.

"죄송하지만 조금만 기다려주시지요. 이 공자께서 이제 막 깨어나서 만나 뵐 준비가 되지 않은 듯합니다."

"그러겠네."

흔쾌히 대답했지만 조금산은 내심 불쾌했다.

'이놈이 감히!'

상대가 누군데 감히 눈곱 뗄 생각을 한단 말인가? 맨발로라도 달려 나와야 할 일이었다.

하지만 불쾌한 심정과는 달리 그의 표정은 여전히 평온했다.

정말이지 마음 같아선 수하들에게 명령해서 단칼에 없애버리고 돈을 회수해 오고 싶었다. 그럼 예언이고 복수고 한 번에 해결이 되는 것이다.

하지만 그렇게 이화운이 죽게 되면 모두 만금장의 소행임을 의심할 것이다.

조금산은 그런 소문을 용납하지 않았다. 나이가 들고 정상에 오른 후에 생긴 변화였다. 티끌의 오점도 용납하기 어려운.

그리고 그보다 더 중요한 이유는 사실 따로 있었다.

이번 일은 눈에 넣어도 아프지 않을 손녀의 일이었다. 그냥 이화운을 죽이는 것은 아무 의미도 없었다. 같은 방식으로 복수해 줄 것이다. 동전 한 푼 남기지 않고 탈탈 털어낸 후, 비참하게 죽여줄 것이다. 마치 맹수가 먹잇감을 가지고 놀다 한입에 삼켜 버리듯이 말이다. 그렇게 해서 손녀에게 보여줄 것이다. 할아비가 어떤 사람인지를. 그리고 그것이 그녀가 앞으로 살아갈 길임을.

잠시 후 이화운이 밖으로 나왔다.

"기다리게 해서 죄송합니다. 새로 옷을 갈아입느라 늦었습니다."

"괜찮네. 내가 기별 없이 찾아온 탓이지."

조금산은 천천히 이화운을 살폈다.

'기대한 만큼은 아니군.'

물론 이화운이 자신의 기도를 숨긴 결과였다.

"우리 단둘이 이야기 좀 할까?"

"그러시지요."

설수린은 일부러 집 안으로 자리를 비켜주었다.

이화운은 주위의 미약한 기운을 모두 찾아냈다.

하나, 둘, 셋…… 여섯.

전호의 말대로 은신하고 있는 무인은 모두 여섯. 문밖에 서서 대기하고 있는 사내까지 호위 무인은 일곱이었다. 정말이지 하나같이 초절정에 이른 실력자들이었다.

"맹주와는 어떤 관계인가? 무광이 그 친구에게 자네에 대해 들어본 적이 없는데."

이미 이화운에 대해 잘 알고 있으면서 모른 척 물었다. 이화운 역시 그가 자신에 대해 잘 알고 있음을 알고 있었다.

"최근에 알게 되었습니다."

"맹에는 무슨 일로 온 것인가?"

심문하는 듯한 어조였지만 이화운은 담담히 반응했다.

"맹주님이 저를 찾으셨습니다."

"왜지?"

"직접 물어보시지요."

"그럴 수 없다는 것을 잘 알지 않나? 그리고 보니 자넨 그다지 슬

퍼하지 않는 것 같군.”

“그건 조 대인도 마찬가지인 것 같군요.”

조금산의 입가에 차가운 미소가 스쳤다.

‘가소로운 놈!’

이내 차가움이 사라진 그 자리에 늙은이의 달관한 미소가 대신했다.

“자네도 내 나이쯤 되면 알게 될 것이네. 죽고 사는 것이 그리 큰 문제가 아니란 것을. 중요한 것은 어떻게 살다가 가는 것이냐겠지.”

“제가 무례했습니다. 아직 연륜이 짧아 아는 것이 없으니 너그러이 이해해 주시기를.”

조금산이 편안한 미소를 지으며 고개를 끄덕였다.

‘용서가 아니라 이해를 해 달라?’

말 한 마디, 한 마디가 못마땅한 그였다.

‘어디 그렇게 계속 건방을 떨어 봐라.’

조금산은 평생을 사람의 마음을 살피며 살아왔다. 아무리 뛰어난 재능을 지녔다고 해도, 이화운 정도의 젊은 것들은 손바닥에 올려두고 마음껏 요리할 수 있다고 자신했고, 또 실제로도 그렇게 해 왔다.

조금산은 이화운의 말과 행동에서 가소로움을 느꼈다. 생각했던 것보다 대단하지 않다는 생각. 그리고 그것은 자연스럽게 방심으로 이어졌다. 물론 그는 알지 못했다. 그것이 다 이화운의 의도되고 계산된 언행임을.

“내 손녀를 만났다고?”

“다루에서 우연히 만났습니다.”

"들었네. 그것 말고도 다른 이야기도 들었지."

조금산이 힐끗 돌아보았다. 힘이 들어간 눈빛에 적의가 담겼다.

"자네 돈이 많다고?"

"어찌 조 대인 앞에서 돈 자랑을 할 수 있겠습니까?"

"내 손녀에게는 하지 않았나?"

"그건……."

그녀가 억지로 강요했다는 말은 하지 않았다. 이화운은 안다. 애초에 그는 누구의 잘잘못을 따질 마음이 없다는 것을.

"어떤가? 나하고도 내기를 한번 해 볼 텐가?"

그러자 이화운이 망설이지 않고 대답했다.

"싫습니다."

조금산의 한쪽 눈이 살짝 일그러졌다. 이내 분노를 감추고 조금산이 말했다.

"그렇게 거절을 하다니 매정하구먼."

"죄송합니다."

"어린아이에게 돈을 빼앗듯 가져갔으면 내 제안도 신중히 생각해야 하는 것 아닌가?"

"제가 원해서 한 내기가 아니었습니다."

"그렇다고 하더라도 상대는 어린 여자아이였네."

스무 살이 넘은 조수아를 어린 여자아이라고 칭하고 있었다.

지금 이 순간에도 이화운의 머릿속은 빠르게 회전하고 있었고, 본능적인 감을 잘 관리하고 있었다. 한 치의 실수도 없이 원하던 방향으로 대화를 이끌어 가야 했다. 사실 조금산과 엮이고 싶은 것은 이화운

쪽이었다. 하지만 이화운은 의심을 사지 않기 위해 자신이 피하는 인상을 계속 남겼다.

"강호인들은 자네를 소인배라 비웃을 것이네."

소인배란 말에 이화운이 인상을 굳혔다. 슬쩍 미끼를 물어주는 시늉을 시작한 것이다.

"하면 무슨 내기를 하자는 말씀이십니까?"

"공평하게 해야겠지."

"서로 처지가 다른데 어찌 공평할 수가 있겠습니까?"

"그렇지. 하지만 자네가 제안한 내기 하나, 내가 제안한 내기 하나. 그래도 승부가 나지 않으면 그때 다시 새롭게 내기를 정하도록 하세."

세 번째에 대해 미리 확정하지 않은 것은 두 번의 내기만으로 이화운을 이길 자신이 있어서였다.

'넌 황금의 힘을 모른다. 황금이 쌓이고 쌓여 태산을 이루면 그것이 어떤 힘을 내는지.'

그는 이화운이 어떤 내기를 제안해도 반드시 이길 자신이 있었다. 황금이 자신을 승리로 이끌어 줄 것이다.

한참을 고민하던 이화운이 드디어 결심했다.

"좋습니다."

"과연 호탕한 젊은이군."

"대신 조건이 둘 있습니다."

"뭔가?"

"첫째, 이번 내기에 대해 사람들에게 널리 알리겠습니다. 이 내기를 원한 것이 장주님이란 것도요."

조금산은 그 의도를 정확히 파악했다.

'살 길을 찾으시겠다? 소문이 나면 내가 쉽게 건들지 못할 것이라 이거지?'

조금산이 생각과 동시에 흔쾌히 대답했다.

"좋네. 두 번째 조건은 뭔가?"

"내기를 먼저 제안해 주십시오."

"그 역시 좋네."

조금산은 내심 이화운을 비웃었다.

'나중에 한다고 유리할 것으로 생각했다면 오산일 것이다. 어차피 네놈은 절대 이기지 못할 테니까.'

조금산이 본격적으로 이를 드러냈다.

"한데 내기가 재미있으려면 뭔가를 걸어야 하겠지. 자넨 무엇을 걸 수 있는가?"

그러자 이화운이 생각지도 못한 말을 꺼냈다.

"서로의 전 재산을 거는 것이 어떻겠습니까?"

조금산은 황당하다는 표정을 지었다.

"농담치곤 과하군. 누가 봐도 너무 불공평한 제안이 아닌가?"

"왜 제 재산이 장주님보다 적다고 생각하십니까?"

"뭣이?"

조금산은 더욱 황당해하는 표정을 지었고 그것은 이내 불쾌함으로 이어졌다. 그의 얼굴이 찌푸려지는 것을 보며 비로소 이화운이 미소를 지었다.

"농담이었습니다. 어제 조 낭자에게 번 돈에 제 돈을 더 보태 삼백 만 냥을 걸겠습니다."

삼백만 냥을 건다는 말에 조금산의 표정이 밝아졌다. 돈을 적게 걸면 어떻게든 구슬려서 많이 걸게 하려고 했는데, 스스로 무덤을 파는 것이다.

"과연 호탕하군."

조금산이 만족스럽게 웃었다. 의도대로 흘러가고 있었다.

"내기는 언제 시작하시겠습니까?"

"지금 하겠네."

"네?"

"첫 번째 내기를 이곳에서 하겠다는 말이네."

"이곳에서 말입니까?"

"길게 끌 필요는 없겠지. 대신 두 번째 내기는 자네가 정한 시간에 하겠네. 사람에게 알리는 것도 그때 하게. 마음껏 알려도 좋네. 전 강호인을 다 불러서 해도 좋다는 말이지."

"무슨 내기입니까?"

"내 손녀에게 돈보다 중요한 것이 있다고 했다지?"

"그렇습니다."

"난 돈으로 세상의 그 무엇도 살 수 있다고 생각하는 사람이네. 자네 생각은 어떤가?"

"그럴 수도 있겠지요."

이화운은 모호하게 대답했다.

"아까 들어간 소저와는 어떤 관계인가?"

모른 척 물었지만 이미 조금산은 이곳에 오기 전 설수린에 대해 보고를 받은 후였다.

　"그녀는 무림맹의 신화대주로 제 호위를 맡고 있습니다."

　조금산이 눈을 가늘게 뜨며 넌지시 물었다.

　"우리 저 여인을 두고 내기를 하지 않겠나?"

第六章
일차내기

天下第一

"어떤 내기 말씀입니까?"

이화운이 묻자 조금산이 미소를 지으며 말했다. 그의 제안은 아주 흥미로운 것이었다.

"내가 저 여인을 돈으로 사려고 하네. 아, 오해하진 말게. 딴 뜻이 아니라, 만금장의 무인으로 들어오라고 하겠다는 것이네."

"쉽지 않을 겁니다."

"그럼 자네는 그녀가 넘어오지 않는다에 걸 텐가?"

잠시 고민하던 이화운이 고개를 내저었다.

"아닙니다."

조금산이 미소를 지었다.

'그래야지. 그렇게 쉽게 나가 떨어져선 안 되지.'

이화운이 문제를 제기했다.

"두 사람 다 넘어온다는 견해니 내기가 성립하지 않습니다."

"아니, 충분히 내기는 성립한다네."

"어떻게 말입니까?"

"서로 종이에다 액수를 적은 후, 정답에 가까운 쪽이 이기는 것으로 하지. 어떤가?"

정말이지 생각지도 못한 제안이었다. 하지만 다르게 보면, 정말 조금산다운 제안이었다.

평생을 사람과 돈을 다루고 살아온 조금산은 백 년 묵은 여우였고, 너구리였다. 그리고 그는 확신하고 있었다. 돈으로 살 수 없는 것은 없다고. 반드시 설수린을 살 수 있고, 또 그 액수를 정확히 맞힐 수 있다고. 정확히 맞히지 못한다 하더라도 적어도 이화운보다는 근사치를 추정해 낼 수 있을 것이라고. 그 자신감의 근원에는 이런 생각이 있었다.

'돈과 관계된 내기니까.'

가만히 조금산의 두 눈을 응시하던 이화운이 고개를 끄덕였다.

"좋습니다."

조금산의 입에 한 줄기 선이 그어졌다. 승리를 확신하는 미소였다. 그가 신호하자 밖에 서 있던 호위 사내가 종이와 붓을 가져왔다. 일곱 호위 중 유일하게 모습을 보인 그의 이름은 정원(鄭垣)이었다.

붓을 받아들 때, 이화운은 최대한 마음을 다스리고 있었다. 정원은 정말 자신이 봐 온 그 어떤 고수들보다 강한 사내였다. 조심하지 않으면 자신이 기도를 숨기고 있다는 것을 들키고 말 것이다.

다행히 정원은 이화운의 본실력을 알아차리지 못했다.

조금산과 이화운이 각자 종이에 숫자를 적었다. 조금산은 조금도 망설이지 않고 적었고, 이화운은 잠시 고민한 후에 적었다. 다 적은 후에 그것을 한옆 바위에 올리고는 돌로 눌러 두었다.

조금산이 눈을 가늘게 뜬 채 말했다.

"만약 여인에게 전음을 보내려 한다면 여기 이 사람이 알아차릴 것이네. 그땐 정말 후회하게 될 것이야."

"걱정하지 마십시오."

단순한 협박이 아니었다. 초절정 고수라면 내용까진 알지 못하더라도 전음을 보내는 사실 정도는 알아차릴 수 있었다. 더구나 정원은 초절정 중에서도 무르익은 실력을 지닌 인물이었다.

이윽고 집 안에 있던 설수린이 밖으로 불려 나왔다.

그녀는 살짝 얼어붙은 표정을 짓고 있었는데, 그 역시 어느 정도 연기였다.

　　—상대를 방심하게 하는 가장 좋은 방법은 허점을 보이는 것이
　　다. 적에게는 절대 멋진 모습을 보일 필요가 없지.

아침에 이화운이 그녀에게 해줬던 말이었다.

이화운이 지금 조금산을 대하는 마음가짐이기도 했다. 소기의 성과를 얻기 위한 정도의 기도만 보여 주고 있었다.

설수린이 이화운을 힐끔 쳐다보았다. 그가 함께 있다고 생각하니 마음이 편했다.

조금산이 그녀에게 말했다.

"자네에게 한 가지 제안을 해도 되겠나?"

"네, 말씀하시죠."

"내 밑으로 들어올 생각이 있나?"

"그게 무슨 말씀이신지요?"

"만금장의 무인이 될 생각이 없느냐는 말이네. 바로 내 직속 수하로."

설수린이 깜짝 놀랐다.

어라? 갑자기 이 무슨 헛소리지? 아! 이것으로 내기를 걸었구나.

눈치 빠른 설수린이 대번에 상황을 파악했다. 조금산이 내기를 걸어올 것이라는 이화운의 예상은 정확했던 것이다.

어떻게 대답해야 저 사람에게 유리하지? 일단 한 번 튕기면서 생각하자.

"저는 이미 무림맹에 몸을 담고 있습니다."

"알고 있네. 하지만 평생을 무림맹의 무인으로 살아야 할 의무는 없지 않겠나?"

"좋게 봐주셔서 감사합니다만, 전 맹을 떠날 생각이 전혀 없습니다."

딱! 조금산이 손가락을 튕기자 정원이 큼직한 가죽 주머니를 조금산에게 건네주었다.

조금산은 그곳에서 전표를 꺼냈다. 한 장에 만 냥짜리, 그는 통 크게도 한꺼번에 열 장을 꺼내 내밀었다.

"십만 냥이네."

설수린이 흠칫 놀랐다.

"십만 냥이라고요?"

그녀의 목소리가 떨렸다. 십만 냥이라면 평생을 호의호식해도, 아니 펑펑 탕진해도 다 쓰지 못할 액수였다.

"왜 제게…… 전 그만한 실력을 갖추지……"

그때 조금산이 다시 열 장의 전표를 더 올렸다.

"이십만 냥이네."

"헉!"

겉으로는 눈을 휘둥그레 뜨며 놀라고 있었지만, 그녀의 속마음은 조금 달랐다.

저 사람에게 이십만 냥은 내게 한 이십 냥쯤의 가치겠지? 아! 그렇게 생각하니까 서글프네.

그녀가 그런 생각을 하는 사이 조금산이 다시 전표를 올렸다.

"삼십만 냥이네."

그녀가 움찔했다.

아! 잠깐이라도 좋으니 만져보고 싶다.

조금산이 꺼낸 전표를 모두 거둬들였다. 그렇게 끝내는가 싶더니, 이번에는 새로운 전표 한 장을 올렸다.

"오십만 냥이네."

"오, 오십만 냥이라고요?"

"내 밑으로 들어오겠다는 말 한 마디면 자네 것이 되네."

아! 정말 갈등 되는구나……는 개뿔! 오십만 냥이 아니라 천만 냥을 가져와 봐라. 거기에 넘어가나. 이 늙은이! 정말 당신이 나쁜 놈들과 한패라면 당신은 폭삭 망하게 될 거야. 지금을 마음껏 즐기시라고. 나중에는 단 한 푼도 쓰지 못하게 될 테니까. 그 엄청난 돈을 남기고 죽거나 뇌옥에 갇히면 정말 분통 터질걸?

군이 이화운과의 작전이 아니었다 하더라도 그녀는 거절했을 것이다. 신화대주란 자리가 중요해서라기보다는 그녀가 가진 삶의 철학 때문이었다.

애초에 돈이 목적인 인생이었다면 처음부터 다르게 살았어야 했겠지. 돈과 관계된 일에는 더 치열하게. 하지만 그렇게 살지 않았다. 돈보다는 다른 가치를 지키며 살아왔다. 그런데 이제 와서 돈에 욕심을 내면?

그럼 지나간 내 인생은 너무 허무하고 불쌍하잖아?

그게 바로 돈과 관련한 그녀의 철학이었다. 누군가는 어리석은 생각이라 할지도 모를 일이지만, 어쨌든 그녀는 그 삶의 철학을 충실히 지켜나가고 있었다.

하지만 그건 그거고. 이건 내기다.

보통 사람이 오십만 냥을 거절하는 것은 아무리 봐도 이상한 일이잖아?

그런 생각에 설수린이 힐끗 이화운을 쳐다보았다. 하지만 이화운은 아무 표정의 변화가 없었다.

대체 얼마에 넘어가야 하지?

조금산이 웃으며 말했다.

"대단한 소저로군. 자, 그럼 십만 냥 더. 육십만 냥이네."

다시 그 위에 십만 냥이 더해져 육십만 냥이 되었다.

바로 그 순간.

징.

아주 미약하게 원앙환이 진동했다.

아! 저 사람이 신호를 보내는구나! 바로 지금이구나!

상대의 감정에 따라 원앙환이 우는 것을 이용해서 이화운이 신호를 보낸 것이다. 아주 미약한 신호였기에 반지를 차고 있는 설수린 외에는 알지 못했다.

"좋습니다! 네! 하겠습니다."

그 순간 조금산이 빠르게 전표를 회수해 처음 꺼냈던 가죽 주머니에 다시 넣었다. 그리고 그것을 정원에게 다시 주었다. 주머니를 받아든 정원이 뒤로 물러섰다.

"어? 왜 돈을 다시 가져가시는 겁니까?"

그녀의 물음에 조금산이 시치미를 뗐다.

"돈이라니?"

"육십만 냥을 주신다고 하지 않으셨습니까?"

"장난이었네. 이 사람과 사소한 내기를 하는 중이라서."

"그런 법이 어디에 있습니까?"

설수린의 항의에 오히려 조금산이 황당해하는 표정을 지었다.

"자네가 육십만 냥의 가치가 된다고 생각하나?"

설수린이 어이없다는 표정을 지었다.

"그것과는 별개의 문제 아닙니까?"

"내겐 같아 보이는데? 그리고 계약서라도 썼나?"

"구두 약속도 약속 아닙니까?"

"난 사람의 말을 믿지 않네."

망할 늙은이. 약속 따윈 헌신짝처럼 내버리는구나. 이런 식으로 그 많은 돈을 끌어모은 것이겠지?

"사람을 조롱해도…… 어떻게 이럴 수가 있으십니까?"

"그럼 조롱당하지 않는 삶을 살도록 하게."

적반하장인 그의 태도에 설수린은 진심으로 화가 났다. 정말이지 마음 같아선 한 대 때려주고 싶었지만, 그랬다간 난리 나겠지? 자, 난 이쯤 해서 물러나 주시고.

조금산이 이화운을 보며 말했다.

"자, 서로가 쓴 금액을 펼쳐볼까?"

조금산은 이화운이 적은 종이를 먼저 열었다. 그곳에는 사십만 냥이라고 적혀 있었다.

"사십만 냥이라. 생각보다 많이 썼군."

설수린이 마음으로 소리쳤다.

이봐요! 기왕 쓰시는 것 사천만 냥은 쓰셨어야죠!

이번에는 조금산이 자신의 종이를 펼쳤다. 놀랍게도 그곳에 육십만 냥이라고 적혀 있었다.

이화운도, 설수린도 깜짝 놀랐다. 정확히 말해 이화운은 놀라는 척을, 설수린은 진짜 놀랐다. 자신이 맞힌 금액이 이화운의 것이 아니라 조금산의 것일 줄은 미처 예상치 못한 탓이었다.

"그녀의 가치를 저보다 높게 보셨군요."

이화운의 말에 조금산은 만족스러운 미소를 지으며 말했다.

"이건 그녀의 가치가 아니라, 내 가치네. 정확히 사람을 파악하는 내 가치란 말이지."

조금산이 다시 설수린을 힐끗 쳐다보았다.

"난 저 여인이 그런 대답을 할 것이란 것을 맞춘 것일 뿐, 저 여인의 자존심이나 가치가 육십만 냥이란 뜻은 아니지. 자, 어쨌든 첫 번째 내기는 내가 이긴 것 같군."

이화운은 아무 말도 하지 않았다.

"다음 내기를 기대하겠네. 하하하하."

조금산이 통쾌하게 웃으며 그곳을 떠나갔다. 정원과 은신해 있던 여섯 개의 기운도 함께 사라졌다.

그들이 가자마자 설수린이 울상을 지으며 말했다.

"당신! 육십만 냥에 신호를 보낸 것 아니었나요? 제가 실수한 것인가요?"

"아니. 육십만 냥에 보냈어."

"네? 왜죠? 이기려면 사십만 냥에 보냈어야죠."

그러자 이화운은 생각지도 못한 말을 했다.

"져 주려고 했으니까. 그것도 최대한 아슬아슬하게."

"왜요?"

"져 줘야 경계를 안 할 테니까. 아슬아슬하게 져 줘야 더욱 큰 쾌감을 느낄 테니까."

"여전히 잘 모르겠어요."

이화운은 그녀를 위해 차분히 설명했다.

"늙으면 오히려 욕심이 많아지지. 더구나 그것이 황금 위에 군림한 자라면 말할 것도 없겠지. 만약 오늘 내가 이겼다면 그는 두 번째 내

기를 이기기 위해 별의별 짓을 다했을 거야. 당연히 나에 대해 신경이 곤두서겠지. 그건 내가 바라는 일이 아니야. 적당히 상대할 만한, 그래서 이겼을 때 어느 정도 쾌감을 줄 수 있을 정도. 딱 그 정도로 보이는 것이 내 목표였어. 그래야 두 번째 내기가 순조롭게 진행될 테고, 그때 조금산의 금고를 털 수 있을 테니까."

설수린은 내심 이화운에게 감탄했다.

이 사람은 보이지도 않는 서 뒷일까지 다 생각하며 일을 진행하는구나.

"좋아요. 그럼 어떻게 조금산이 육십만 냥을 쓴 것을 알았죠? 조금산이 표를 냈나요?"

그러자 이화운이 고개를 내저었다.

"늙은 생강답게 그는 절대 표를 내지 않았지. 정말이지 대단하더군. 처음부터 끝까지 호흡 하나 변하지 않았으니까."

"그런데 어떻게 알아냈죠?"

"은신해 있던 호위 무인들을 통해 알아냈지."

"네?"

"그들의 전음으로."

잠시 멍한 표정을 짓던 설수린이 깜짝 놀라 물었다.

"설마 그들의 전음을 엿들은 것인가요?"

이화운이 미소를 지으며 말했다.

"그런 수법은 나도 아직 배우지 못했다."

"그런데 어떻게요?"

"내용은 모르더라도 전음을 주고받는다는 사실쯤은 알 수 있었지."

앞서 조금산의 경고도 그것이었다. 전음을 했다가는 들킬 것이라고.

하지만 이화운의 수법은 그보다 한 수 위였다. 은신해 있는 고수들의 전음을 느낀 것이니까. 그들은 이화운이 자신들의 전음을 느낄 것이라고는 상상도 못했을 것이다.

"내기가 시작했을 때 그들은 나와 조금산이 쓴 액수를 정확히 알고 있었지."

여섯 명이나 되는 이들이 사방에서 숨어서 지켜보고 있었으니 분명 알 수 있었을 것이다.

"그들은 이번 내기에 대해 계속 전음을 주고받았지. 그들에게도 꽤 흥미로운 내기였을 테니까. 조금산이 정확히 액수를 맞출 수 있을 것인가에 대해 자기들끼리 내기를 했을지도 모르지. 그리고 계속되던 전음이 단 한 순간 끊어진 적이 있었지."

"설마?"

"맞아. 조금산이 육십만 냥을 제시했을 때였지. 그들도 과연 조금산이 맞힐지 긴장한 것이지."

설수린의 입이 쩍 벌어졌다.

"말도 안 돼."

정말이지 듣고도 믿기 어려운 말이었다. 상대가 이화운이 아니었다면 아마 절대 믿지 않았을 것이다. 감탄을 넘어서 경악했다. 그녀는 문득 그런 생각이 들었다. 그 똑똑한 척하는, 아니 실제로도 똑똑한 그 늙은 너구리는 절대 이 사람을 당해내지 못할 것이라고. 그가 아니라 세상의 그 어떤 악인도 이 사람을 상대할 수는 없을 것이라고.

이화운이 하늘을 올려다보며 나직이 말했다.

"언젠가 그는 후회하게 될 거야. 사람을 돈으로 찍어 누르며 살아온 것을."

설수린은 가슴이 서늘해졌다. 그녀는 이화운의 차가운 눈빛에서 언젠가 반드시 조금산의 재산을 탈탈 털어 버리겠다는 의지를 읽어 낸 것이다.

"다음 내기는 생각해 두신 게 있나요?"

이화운이 고개를 가로저으며 나직이 말했다.

"오늘 밤 도착하는 정보에 따라 달라지겠지."

                    *        *        *


자정 무렵, 전호가 서공찬이 보내온 자료를 가지고 이화운의 숙소로 왔다. 이화운은 약속대로 의선 진공을 만났던 장소를 전호를 통해 알려 주었다.

전호가 탁자에 자료를 내려놓으며 말했다.

"이거 양이 장난 아닌데요?"

자료는 수백 장이 넘었다. 그가 언제 태어났으며, 어린 시절을 어떻게 보냈고, 어떤 무공을 익혔으며 어디에서 누굴 죽였고, 누굴 살렸는지 그의 삶이 모두 적혀 있었다.

"팔 수는 없지만, 큰돈이 될 정보란 것을 알았을 테니까."

이화운의 말에 설수린이 고개를 끄덕이며 말했다.

"서공찬 녀석, 돈 냄새 하나는 기가 막히게 맡으니까요. 그런데 여기에서 무엇을 찾으면 되죠?"

"차수가 조금산의 밑으로 들어간 이유."

이화운의 대답이 이번 조사의 핵심이었다. 그가 왜 조금산의 금고를 지켜 주고 있는지를 알아야 했다. 그가 왜 있는지를 알아야 그를 떠나게 할 수도 있을 테니까.

"돈 때문이겠죠."

천하제일의 거부와 전대 천하제일 고수와의 관계. 설수린의 대답은 분명 가장 먼저 떠올릴 수 있는 이유였다.

"전에 당신이 그랬죠. 살인이 일어나는 첫 번째 이유는 돈 때문이라고. 이번도 마찬가지 경우가 아닐까요?"

"과연 돈 때문일까?"

이화운은 돈 때문이 아닐 것이란 예감이 들었다. 차수를 잘 알아서가 아니었다. 이화운은 진짜 고수들에 대해 잘 알았다. 그 정도 경지에 이르면 대부분 돈으로부터 자유로워진다.

정신적인 성찰이 있기도 하고, 실제 돈이 필요하면 얼마든지 구할 수 있어서이기도 하다. 스스로를 돌이켜 봐도 그러했으니까.

돈이 중요한 것은 맞지만, 차수라는 엄청난 고수가 단지 돈 때문에 부자의 금고나 지키고 있을 것 같지는 않았다.

그러자 전호가 농담처럼 말했다.

"돈이 아니라면, 여자 때문이에요."

"어쩌면."

이화운은 오히려 그쪽이 더 가능성이 높다고 생각했다. 하지만 현재 그의 나이를 생각하면 그 이유일 가능성도 희박했다.

설수린이 두툼한 자료를 셋으로 나누며 말했다.

"비록 돈을 주진 않았지만, 이겨 십만 냥 가치의 자료잖아요. 이 안 어딘가에 단서가 있겠죠. 일단 찾아보자고요."

세 사람이 각자 앞에 놓인 자료를 살폈다.

본격적으로 서류를 살피기 전 설수린은 힐끗 이화운을 쳐다보았다. 때마침 이화운도 그녀를 쳐다보다가 딱 눈이 마주쳤다.

설수린이 씩 웃자, 이화운이 미소를 지었다.

그녀는 기분이 좋았다. 그냥 그와 함께 뭔가를 하고 있다는 사실만으로도 기분이 좋았다. 강호제일의 부자, 그 사람의 치부를 파헤치는 위험천만한 일을 하고 있음에도 마음은 편안했다.

한껏 기분이 좋아진 설수린이 전호를 채찍질했다.

"분명히 이 안에 실마리가 있어. 밤을 새워서라도 찾아내야 해! 졸지 마!"

갑자기 전호가 후다닥 달려가더니 동경을 가져와 그녀의 얼굴을 비쳤다.

"뭐하는 짓이야?"

전호가 히죽 웃으며 말했다.

"졸지 말고 열심히는 그 안에 있는 농땡이 분에게 하시라고요."

아! 날 놀려먹기 위해 동경까지 가져오는 이 부지런함이라니!

세 사람이 본격적으로 서류를 살피기 시작했다.

단서는 분명히 이 안에 있어!

그것은 모두의 확신이자 바람이었다.

*　　　*　　　*

숲 속 버려진 오두막으로 사내 하나가 들어섰다. 거미줄 가득한 그곳은 버려진 지 몇 년은 되어 보였다. 들어선 사내는 바로 섬서의 이화운, 즉 사호였다. 그리고 그곳에는 삼호가 기다리고 있었다.

"오랜만에 뵙소."

사호의 인사를 삼호가 반갑게 받았다.

"잘 지냈나요?"

"덕분에."

비록 그녀가 삼호이지만 무공 실력은 사호인 섬서 이화운이나 오호인 전각주 사도명이 더 높았다. 그녀가 삼호가 된 것은 조직의 총군사 역할을 맡았기 때문이었다.

"미행은?"

"걱정 마시오. 조심해서 왔소."

사호는 조금 의아한 마음이었다. 대부분 명령은 수하를 통하거나, 비밀리에 정해진 방식을 따랐다. 그 말은, 이렇게 위험을 감수하고 삼호가 직접 자신을 만나러 올 일이 없다는 것이다.

'뭔가 대단한 일을 맡기려는 것이군.'

사호는 그렇게 짐작했다. 항상 암중에서 움직이던 삼호가 표면에 나선 것만 봐도 짐작할 수 있는 일이었다.

"아시다시피 모든 일은 순조롭게 진행되고 있어요."

삼호의 말처럼 오호가 전각주가 되고, 사호인 자신은 강호의 일대 영웅이 되었다. 그리고 무림맹주 천무광은 주화입마에 빠졌고, 자신들이 밀고 있는 야율강이 임시 맹주가 되었다. 그야말로 일은 일사천리(一瀉千里)로 진행되고 있었다.

"한 가지만 빼고요."

"그게 무엇이오?"

"천무광. 애초에 그는 지금까지 살아 있으면 안 될 사람이지요."

사호의 눈빛이 강렬해졌다. 왜 그녀가 자신을 직접 찾아온 것인지 짐작이 되었다.

"그는 지금 주화입마에 빠져 이지를 잃지 않았소?"

"발본색원(拔本塞源). 화근이 될 싹은 미리 제거해야지요."

사호도 그 생각에는 동의했다. 문제는 이것이었다.

"쉽지는 않을 것이오. 천무광이 갇혀 있는 뇌옥의 경계가 삼엄하오."

삼호가 품에서 서찰 하나를 꺼내 내밀었다. 삼호의 계획서였다. 서찰을 다 읽은 사호의 눈가에 감탄이 스쳤다.

"역시 대단하시군."

"오호와 힘을 합쳐 확실히 해내도록 하세요."

"알겠소."

밖으로 나가려던 사호가 그녀를 돌아보며 물었다.

"참, 한 가지 물어볼 것이 있소."

"무엇인가요?"

"중경의 이화운, 그자는 언제 해치울 작정이시오?"

사호에게 있어 가장 거슬리는 인물은 바로 이화운이었다. 그리고 그 감정의 근원에는 설수린이 있었다.

"천무광을 죽이기 전에 제물로 삼아 처치하고 싶은데."

그녀는 사호가 이화운에 대한 감정이 좋지 못하다는 것을 알고 있었다. 지극히 개인적인 감정이란 것도.

삼호가 미소를 지으며 장난처럼 말했다.

"조심하세요. 때론 제물이 더 강할 수도 있답니다."

사호가 피식 웃었다. 삼호의 말을 절대 부정하는 그런 웃음이었다.

"제물은 제물일 뿐이오. 그래서 제물이라 불리는 것이지요."

두 사람의 시선이 허공에서 얽혔다.

"조금만 기다리세요."

"밤이 길면 꿈이 많은 법이오."

괜히 시간을 끌다간 일을 그르칠 수 있다는 뜻이었다. 삼호가 달래듯 좋은 어조로 말했다.

"조만간 기회가 올 거예요. 그러니 지금은 천무광에게만 집중하세요."

"그러지요."

사호가 그곳을 떠나갔다.

혼자 남은 삼호가 부서진 지붕 사이로 밤하늘을 올려다보았다.

"그 앳된 얼굴에 결국 당신도 방심하고 있군요."

어쩔 수 없는 일이란 생각이 들었다. 절세고수들을 긴장시키기에 이화운은 너무 젊고, 너무 선하고 부드러워 보였으니까.

요요히 스치는 달빛 위로 그녀의 나직한 음성이 흘러내린다.

"하지만 당신은 알아야 해요. 그를 어설프게 건드렸다간 영원히 잠에서 깰 수 없다는 것을."

　　　　*　　　*　　　*

　　동트기 직전의 희뿌연 풍광은 언제나 신비롭다. 거기에 새벽 공기
의 상쾌함까지 더해지니 설수린은 밤새운 피곤함이 싹 가시는 기분이
들었다.

　　활짝 연 창문 앞에서 그녀가 크게 기지개를 했다.

　　그녀가 뒤를 돌아보았다. 이화운은 한옆에서 찻잎을 우리고 있었고
전호는 탁자에 앉아 꾸벅꾸벅 졸고 있었다.

　　아직 원하는 정보는 얻지 못했지만, 왠지 이 광경이 평화롭게 느껴
졌다.

　　다기를 기울여 찻잔을 채우며 이화운이 전호를 바라보았다. 꾸벅꾸
벅 조는 전호의 모습에 그가 희미한 미소를 지었다. 설수린이 그냥 자
게 놔두라는 눈짓을 보내면서 조용히 문을 열고 밖으로 나갔다. 이화
운이 찻잔을 들고 뒤따라 나왔다.

　　두 사람이 마당 한옆 바위에 나란히 앉았다. 이화운이 건넨 차를 받
아들며 그녀가 싱긋 웃었다.

　　"고마워요."

　　"내가 고맙지."

　　"네? 뭐가요?"

　　"그냥 이것저것 다."

　　말을 얼버무렸지만, 이화운의 진심이었다. 제갈명의 명령을 수행하
고 있는 그녀로서는 자신이 마땅히 해야 할 임무라고 여기고 있겠지

만, 이화운은 이 일이 자기 일이라 생각했다. 중경을 떠나는 그 순간부터 지금까지, 그 생각은 변함이 없었다. 이 위험한 일을 묵묵히 함께 해나가 주는 그녀가 고마웠다.

"싱겁기는요."

차를 한 모금 마신 그녀가 눈을 동그랗게 떴다. 처음 마셔보는 차인데, 맛이 아주 좋았던 것이다.

"어? 이거 무슨 차죠?"

"머리를 맑게 해주는 차야."

"이런 좋은 차가 있었는데 지금껏 혼자 마셨단 말인가요? 그래서 당신 머리가 그렇게 좋았군요!"

그녀의 너스레에 이화운이 기분 좋은 미소를 지었다. 그녀와 함께 있으면 기분이 좋다. 그래서 계속 함께 있고 싶게 만든다.

"당신은 뭐 좀 나왔나요?"

그녀의 물음에 이화운이 고개를 가로저었다.

밤새 조사를 했지만 별다른 특이한 사항은 없었다. 물론 아직 다 살펴보지 않았기에 포기할 단계는 아니었다.

"차수는 젊었을 때는 고수들을 상대로 비무행을 다녔어요. 그 과정에서 단 한 번도 지지 않은 것으로 알려졌고요."

그때 뒤에서 들려오는 말소리.

"그렇지는 않습니다."

돌아보니 전호가 하품을 하며 집에서 나오고 있었다. 손에는 이화운이 준비한 차와 서류 한 장이 들려 있었다.

"단 한 차례 그 결과가 나오지 않은 비무행이 있습니다."

그가 손에 들고 나온 서류를 설수린에게 내밀었다. 아마도 그에 관한 이야기를 하려고 나오려던 모양이었다.

"어? 정말 천산에서의 비무 결과를 알 수 없다고 나와 있네요."

그 순간 이화운이 흠칫 놀랐다.

"뭐? 방금 뭐라고 했지?"

이화운의 반응에 설수린이 덩달아 긴장했다.

"결과를 알 수 없는 비무가 있다고요."

"그게 아니라, 그 비무를 어디서 했다고?"

"천산요."

"천산에서 누구와?"

"누구인지까지는 없네요. 그냥 기록에는 천산비무라고만 남겨져 있어요. 아, 한 가지 더. 그곳에서 육 개월 정도 머문 것으로 되어 있는데, 그와 관련한 기록은 남아 있지 않네요. 확실히 이상하군요."

이화운의 표정이 진지해졌다.

천산.

천부에서 확인했던 바로 그 장소였다. 사신공의 원류가 된 그곳이 바로 천산 비호봉이었다. 과연 차수의 비무 결과를 알 수 없는 장소도 천산인 것이 우연에 불과할까?

왠지 차수와 조금산과의 관계가 그 비무와 관련이 있을 것 같았다. 그리고 그 예감이 맞다면 차수의 나이로 볼 때, 그 비무 대상은 사부의 사부, 즉 사조(師祖)님일 것이다.

본능이 말했다. 지금 당장 천산으로 가야 한다고. 천부에 들고, 차수에 대해 알게 되고. 이 모든 것이 운명의 흐름이라고. 나중으로 미루면 안 된다고.

그때 설수린이 불쑥 말했다.

"가세요."

이화운이 그녀를 쳐다보자 그녀가 다시 말했다.

"마음에 걸리는 것이 있으면 다녀오세요. 여긴 걱정하지 마시고."

하지만 이화운은 요즘같이 위험한 상황에 그녀와 떨어져 있으려니 마음에 걸렸다. 그녀가 걱정되었다. 그렇다고 그녀를 데려갈 수도 없었다. 그랬다가는 기한이 너무 길어질 것이기에. 최대한 빨리 돌아오려면 쾌속보로 전력을 다해 다녀와야 했다.

설수린이 이화운에게 다가섰다. 그녀가 진지한 표정으로 말했다.

"지금까지 당신 도움을 많이 받았지만, 저 강한 여자예요. 전 걱정하지 마세요."

이화운이 그녀를 응시했다. 그녀의 맑은 두 눈에는 강한 사람만이 보일 수 있는 의지가 담겨 있었다. 지혜와 강인함이 담겨 있었다.

이화운이 어깨를 한 번 으쓱하며 말했다.

"걱정 안 했는데?"

"뭐요?"

"짐을 뭘 가져가야 하나 잠시 생각했었지."

그러면서 성큼성큼 집 안으로 들어갔다.

설수린이 황당하다는 표정을 지으며 전호를 쳐다보았다. 전호가 히죽 웃으며 말했다.

"제 소중함이 빛나는 순간이군요."

"과연 내 오른팔뿐이로구나."

"암요. 친한 사람이 많을수록 그만큼 행복해질 것 같지만, 절대 그렇지 않죠. 살면서 필요한 사람은 제대로 된 하나면 충분하지요. 그 하나조차도 쉽지 않은 것이 인생이라고요."

"어두운 내 인생에 한 줄기 빛줄기가 들어오는구나."

"오랜만에 이 세 치 혀를 또 한 번 놀려드려야겠군요. 우리 대주님, 얼굴만 예쁜 것 같지만 절대 아니지요. 함께 가고 싶은 마음 애써 참으며, 웃으며 남자를 보내주는 그런 현명한 여자라 이 말씀이지요. 얼굴 예뻐, 몸매 죽여줘, 거기에 속 깊어, 수하들 달달 볶아, 무공 잘해. 아, 눈이 부셔서 쳐다보질 못하겠어요."

"아, 달콤하다. 이상한 것이 하나 끼어 있어도 너무 달콤하다."

"하하하."

두 사람이 마주 보며 웃었다.

그사이 이화운이 간단히 몇 가지 옷가지와 약초 따위를 넣은 가죽 주머니를 들고 나왔다.

설수린과 전호의 얼굴에서 장난기가 사라졌다.

"다녀오십시오."

전호의 인사에 이화운은 설수린을 잘 부탁한다는 당부가 담긴 눈빛을 보냈다. 전호가 듬직한 미소로 대답을 대신했다.

대문 앞에서 이화운이 잠시 발걸음을 멈췄다. 이화운이 설수린을 응시했다.

"내 임무 알잖아요? 당신 없으면 전 휴가라고요. 당신에겐 미안한 말이지만 이건 제겐 기쁜 일이라고요."

마음에도 없는 그녀의 말에 이화운이 피식 웃었다. 그녀는 그가 떠

나기 전, 저 미소를 볼 수 있어서 다행이란 생각이 들었다. 걱정되고 보고 싶은 마음, 저 미소 떠올리면서 참아보지, 뭐.

"언제 와요?"

그녀의 물음에 이화운이 성큼성큼 걸어 나가며 말했다.

"최대한 빨리."

*　　*　　*

조수아는 실의에 빠져 있었다. 특유의 도도함도, 그 앙칼진 성격도 백삼십칠만 냥이란 대형 사고에는 버틸 수 없었다.

"할아버지는?"

조수아의 물음에 난화가 조심스럽게 말했다.

"아직 아무 말씀이 없으십니다."

조수아는 할아버지가 이화운과 내기를 해서 첫 판을 이겼다는 소식을 들었다. 곧장 자신을 찾아오셨을 법도 했는데, 여전히 할아버지는 자신을 찾지 않았다.

"난 이제 큰일 났어."

너무 걱정하지 말란 말을 하려다 난화는 입을 다물었다. 괜히 이 말저 말 위로한답시고 했다가 조수아의 성질이 폭발할 수도 있었다. 그냥 이럴 때는 가만히 있는 것이 최선이었다.

"흥! 내가 이 꼴이 되니까 좋지?"

"그럴 리가 있겠습니까?"

난화가 난처하고 억울한 표정을 지었다. 지금의 조수아는 어떤 말이나 행동을 해도 다 거슬리게 들리고 보일 것이다. 기왕 이렇게 된 것, 난화가 큰마음 먹고 차분히 말했다.

"아가씨, 너무 걱정하지 마세요. 장주님은 이번 일을 용서해 주실 겁니다."

"왜 그렇게 확신하지?"

"장주님께서 얼마나 아가씨를 아끼는지 잘 알기 때문입니다. 실수는 누구나 할 수 있습니다. 중요한 것은 그 실수를 어떻게 받아들이고, 또 무엇을 배우느냐겠지요. 건방지게 들리시겠지만, 제가 살면서 느낀 점입니다."

앙칼진 반응이 나올 것이라 각오했는데, 조수아의 반응은 의외였다.

"고마워."

그녀는 순순히 조언을 받아들였다. 신경질적이고 망나니처럼 굴 때가 있어도, 기본적으로 똑똑한 여인이었다. 난화의 조언이 진정한 충성심에서 나왔다는 것을 모를 리 없었다.

그때 문이 열리며 누군가 방으로 들어섰다. 그녀의 방에 사전 연락 없이 찾아올 수 있는 유일한 사람, 바로 조금산이었다.

"할아버지!"

조수아가 벌떡 자리에서 일어났다. 반갑고 두려운 마음이 그녀의 표정에 고스란히 드러났다.

조금산이 난화에게 말했다.

"잠시 자리를 피해 주게."

"네, 알겠습니다."

난화가 방을 나갔다.

"할아버지."

조금산이 짐짓 엄한 목소리로 말했다.

"넌 백삼십칠만 냥이 어떤 가치를 지닌 돈인지 아느냐?"

"죄송해요, 할아버지."

조수아의 눈에 눈물이 고였다. 하지만 흘러나온 말은 정반대였다.

"네 눈물 한 방울만큼의 가치도 없다."

"네?"

"이 정도에 절대 기죽을 필요 없다는 뜻이다."

"할아버지?"

"앞으로 네가 지켜야 할 돈은 그 돈의 수백, 수천 배다. 하루 점심 값 잃어버린 정도에 불과한 것이다. 그깟 돈, 금방 벌 수 있다는 자신감과 배포가 있어야 한다."

"명심하겠어요."

조수아는 결국 눈물을 흘리고 말았다. 잔뜩 겁을 먹고 있다가 긴장이 풀린 탓이었다.

"중요한 것은 돈의 액수가 아니라, 누군가에게 진 이 분한 마음을 잊지 않는 것이다. 절대 잊지 마라."

"네, 할아버지."

"놈의 일은 할아비에게 맡기고, 넌 산동 사업 준비를 하도록 해라."

"감사해요, 할아버지."

조수아의 얼굴에 행복한 미소가 지어졌다.

손녀를 위로해 준 후, 조금산이 방을 나섰다. 밖에서 기다리고 있던 정원이 보고했다.

"이화운에게 전갈이 왔습니다."

"뭐라고 왔느냐?"

"내기는 십오 일 후에 제안하겠다고 합니다."

"십오 일 후에? 천지분간도 못하고 이삼일 내에 달려들 줄 알았는데. 꼼수를 부려보겠다? 후후후."

하지만 이화운이 그 어떤 수작을 부린다 하더라도, 얼마든지 감당해 낼 자신이 있었다. 첫 판을 이긴 자신감도 한몫했다.

"놈은 뭘 하고 있나?"

"그는 어디론가 떠났습니다."

"어디로?"

"아직 확인되지 않았습니다."

"놈의 뒤에 미행을 붙여놨지?"

"네. 확실한 애들로 붙여뒀습니다."

조금산이 고개를 끄덕이며 걸음을 옮겼다.

"이제 할 일은?"

정원이 뒤따르며 일정을 설명했다.

"우선 강남상련의 연주와 회합이 있습니다. 두 시진 후에는 송가방주를 만나셔야 하고, 저녁에는 무림맹 단주들과 만찬이 잡혀 있습니다."

몸이 열두 개라도 바쁜 요즘이었다.

　　　　*　　　　*　　　　*

　이화운의 쾌속보는 추적자들의 추종술보다 한 수 위였다. 이화운이
추적자들을 따돌리는 데 걸린 시간은 채 반 시진도 걸리지 않았다.

　가려던 곳과 전혀 다른 방향으로 달리다 따돌렸으니, 이화운이 어
디로 갔는지 알아내는 것은 불가능했다.

　추격자들을 따돌린 이화운은 밤낮없이 쾌속보로 내달렸다. 엄청난
내공을 바탕으로 그는 아주 잠깐 허기를 채우는 시간과 피로를 풀기
위해 운기조식을 하는 시간을 제외하고는 단 한순간도 쉬지 않고 달
렸다.

　그리고 나흘 후. 이화운은 천산 아래에 도착했다. 원래 닷새를 예
상했는데 하루 빨리 도착한 것이다. 쉬지 않고 달리는 과정에서 쾌속
보의 경지가 한 단계 발전한 덕분이었다.

　물론 며칠 만에 한 단계 발전한 것은 보통 무인이라면 불가능한 일
이었다. 무(武) 자체에 대한 이해가 거의 극에 다다른 이화운이었기에
가능한 일이었다.

　천산을 올려다보며 이화운은 벅찬 감회를 느꼈다.

　이곳에서 사신공이 만들어졌구나.

　이화운은 수백 년 전 이 산 어디선가 무공을 수련하던 선대의 고수
를 떠올렸다. 묘하고 벅찬 감정이 온몸으로 퍼져 나갔다.

　울림.

　그것은 분명 운명이 자신을 부르는 울림이었다.

第七章
황룡신공

天下第一

天下第一

이화운은 천산 비호봉 정상에 서 있었다.

그곳에서 바라본 경치는 정말 장관이라 해도 좋을 만큼 멋지고 아름다웠다. 정말이지 마음속까지 시원해지는 기분이었다.

불어온 바람이 그의 옷자락을 휘날렸다. 이곳에서 찾아야 할 것은 두 가지였다.

우선 차수와 관련된 정보였다. 그가 정말 사조님과 비무를 했는지. 했다면 그것이 지금 조금산을 지켜주고 있는 이유와 관련이 있는지를.

두 번째는 순수한 목적이었다. 사신공의 원류가 어딘가에 남아 있다면, 거기에서 다섯 번째 무공에 대한 단서를 얻을 수 있을 것이다.

이곳까지 오르는 데 별다른 이상한 점은 발견하지 못했다. 당연한 일이었다. 사신공의 원류는 말할 것도 없고, 차수의 비무조차 너무나 오래된 일이었으니까.

하지만 사신공과 관련해서 한 가지 희망은 있었다. 무공을 하나 만드는 일은 한두 달 걸릴 일이 아니었다. 수년에서 많게는 수십 년이 걸리는 일이었다. 더구나 사신공과 같이 극상승의 무공이라면 더욱 그러할 것이다.

선대의 고수가 이곳에서 무공을 창시했다면, 분명 기거했던 거처가 있었을 것이다. 일반 나무집이었다면 이미 사라지고 없을 가능성이 높았지만, 만약 그것이 동굴이라면 그 흔적이 지금까지 남아 있을 가능성도 있었다.

이화운의 몸과 마음이 다섯 번째 무공을 찾기를 간절히 원했다.

오늘은 이미 날이 저물었기에 이화운은 맑은 물이 흐르는 냇가 근처에 임시 거처를 만들었다. 거처라고 해 봐야 나무로 엮어서 새벽이슬이나 피할 수 있는 공간이었다.

그렇게 천산에서의 첫째 날이 지나가고 있었다.

\*       \*       \*

전각주 사도명과 섬서의 이화운이 객잔에서 만났다. 두 사람은 만남을 감추지 않았다. 강호의 영웅이 된 사호였기에 전각주가 그를 만나는 것은 조금도 이상하지 않았다.

물론 두 사람의 은밀한 대화는 주위의 예상과는 전혀 다른 것이었다.

환술의 고수인 오호는 두 사람 사이의 대화가 외부로 흘러나가지 않도록 차단했다.

"천무광을 제거하라는 명령이 내려왔다."

사호의 말에 오호가 고개를 끄덕였다. 예상한 명령이었다.

"계획도 함께 내려왔습니까?"

사호가 고개를 끄덕였다.

"폭혈단(爆穴丹)을 사용하라는 명령이다."

"아! 과연!"

사도명이 새삼 삼호에게 감탄했다. 폭혈단은 일종의 독약으로 내부 혈맥을 터뜨려서 죽게 만드는 약이었다.

하지만 폭혈단에는 세 가지 약점이 있었다. 그 첫째가 명백한 사인이었다. 보통 강호인이 사지혈맥이 터져 죽는 경우는 드물었으니까. 혈맥이 터져 죽으면 폭혈단부터 의심하게 되는 것이다.

하지만 지금 주화입마에 빠진 천무광의 상태라면 폭혈단의 사용을 감출 수 있었다. 지금 천무광이라면 혈맥이 터져 죽는다 하더라도 전혀 이상하지 않을 테니까.

"하지만 폭혈단은 첫 반응이 나오고 혈맥을 터뜨리기까진 반 시진이란 시간이 걸리지 않습니까? 또한, 양쪽 눈에서 검붉은 기운이 흘러나와 중독된 사실이 쉽게 밝혀지고요."

폭혈단의 두 번째, 세 번째 약점이었다. 처음 폭혈단에 중독되면 두 눈에서 검붉은 기운이 흘러나와 폭혈단에 중독되었다는 것을 알 수 있었다. 그리고 최초 증상이 나오고 난 후, 혈맥이 터지기까지 반 시진이란 시간이 필요했다.

"현재 천무광이 갇힌 뇌옥 주위는 맹주의 호위였던 신충의 수족들이 철통같이 지키고 있습니다. 폭혈단의 반응을 알아보고 해약을 준다면 실패할 겁니다."

"물론 그렇겠지. 그들이 그곳에 있다면."

"네? 그게 무슨 말씀입니까?"

"그들을 빼내고, 전각이 그곳을 접수할 것이다. 따라서 네겐 반 시진이 아니라 며칠이나 되는 시간이 주어질 것이다."

"어떻게 말입니까? 제갈명 그자가 쉽게 허락하지 않을 겁니다."

"그건 네가 신경 쓸 일이 아니다. 이미 삼호가 그에 대한 작전을 시작했으니까."

그제야 오호의 입가에 자신만만한 미소가 지어졌다. 삼호가 나서서 작전을 펼치고 있다면 분명 확실한 기회가 올 것이다.

"알겠습니다. 맡겨 주십시오."

두 사람이 마주 보며 웃었다. 멀리서 보면 즐겁게 한담을 나누고 있는 것 같지만, 사호의 입에서 나온 말은 더없이 무서운 것이었다.

"실패하면 다시 기회를 잡기 어려울 터이니 이번 기회에 반드시 천무광을 없애야 한다."

*      *      *

제갈명은 집무실에서 창밖으로 보이는 작전실의 풍경을 지켜보고 있었다. 여전히 변함없이 바쁜 그곳이었다. 바쁘게 뛰어다니는 저 수하 중에서 조금산의 세작이 있을 수 있다는 생각을 하니 입맛이 씁쓸해졌다.

'하긴.'

자신이 조금산이었다면, 마찬가지로 이곳에 세작을 심었을 것이다. 이곳은 무림맹의 모든 정보가 관리되고 계획이 만들어지는 곳이었으니. 그만큼 심기는 어렵지만, 한번 심게 되면 큰 효과를 볼 수 있는 곳이었다.

없을 수도 있지만 일단 세작이 있다고 생각하는 것이 안전할 것이다. 그리고 그자는 이번 일이 끝나면 반드시 색출해 낼 것이다.

그때 부단주 광진이 집무실로 달려왔다. 저 부단주 광진도 의심의 대상에서 예외는 아니었다. 그를 믿지만, 이번 일이 끝날 때까진 믿지 않을 것이다.

"단주님, 급보입니다."

제갈명이 그가 내민 보고서를 빠르게 읽었다. 제갈명이 흠칫 놀랐다.

"정보의 신빙성은?"

"팔 할 이상입니다."

팔 할이라면 거의 사실이란 뜻이었다.

제갈명의 시선이 다시 한 번 보고서를 향했다. 그곳에 적힌 내용은 짧막했지만 충격적이었다. 뇌옥의 호위 무인들 속으로 암살자가 스며들었을 가능성이 있다는 정보였다.

의외인 듯 깜짝 놀라는 시늉을 하고 있었지만 제갈명은 다른 생각을 하고 있었다.

'드디어 시작이군.'

제갈명은 천무광이 살아 있는 한 어떻게든 놈들이 손을 쓰려고 할 것임을 예상하고 있었다.

광진이 조심스럽게 말했다.

"정보가 들어온 이상, 살수를 색출해 낼 때까지 뇌옥의 호위 체계를 바꿔야 하지 않겠습니까?"

바로 놈들이 노리는 것도 이것이었다.

'암살자가 있다는 것을 빌미로 호위 무인들을 뇌옥에서 빼내게 하겠다?'

제갈명은 정확히 상대의 의도를 추측했다. 다시 말하면 지금의 경계를 뚫고 들어올 수는 없다는 뜻.

'적어도 지금은 안전하군.'

그런 복잡한 속마음을 감춘 채 제갈명이 고개를 끄덕였다.

"그래야겠지. 어디가 좋을까?"

"원칙적으로는 백호단에게 맡겨야겠지만, 지금 상황이라면 전각이 맡아야 한다고 생각합니다."

크게 두 집단이 맹주전의 호위를 맡는다. 신충과 수하들, 그들은 맹주 직속의 성격이 강했다. 또 다른 한쪽이 바로 백호단이었다. 그들은 맹주의 호위라기보다는 맹주전의 호위를 맡은 이들이었다.

어쨌든 백호단 무인들은 신충 쪽과 친밀한 관계를 유지해 왔었다. 결국, 한 가족이란 뜻이었다. 신충 쪽에 암살자가 스며들었다면, 백호단 쪽도 위험할 수 있다는 것이 광진의 걱정이었다.

제갈명은 정확히 상대의 의도를 파악했다.

'그렇군. 뇌옥 경계를 전각으로 교체하려는 것이군.'

상대의 의중을 파악했다면 그것을 역이용하는 것이 기본.

"백호단주에게 연락하게. 단, 명령을 다시 내릴 때까지는 대기하도록."

잠시 의아한 표정을 짓던 광진이 이내 빠르게 대답했다. 전각에 맡겨야 한다는 조언에도 이런 명령을 내린 데는 분명 이유가 있을 것이란 생각이 들어서였다.

"알겠습니다."

광진이 빠르게 집무실을 나섰다.

제갈명이 자신의 의자에 깊숙이 몸을 파묻었다.

일부러 백호단에 맡겼다. 한 가지를 시험해 보기 위해서였다.

만약 조금산이 이번 일과 관련 있다면, 그는 임시 맹주인 야율강을 통해 전각에게 일을 맡기라고 압박을 가해 올 것이다.

쉽지 않은 싸움이 계속되고 있었다.

'어서 증거를 찾아오게.'

지금 제갈명이 믿을 수 있는 사람은 이화운과 설수린뿐이었다.

\*       \*       \*

이화운은 시냇물이 흐르는 바위에 앉아 있었다.

이른 아침부터 비호봉 주위를 샅샅이 살폈지만 별다른 것을 발견하지 못한 것이다.

이화운은 최대한 마음을 편하게 먹으려 했다. 인연이 닿지 않는다면 일 년 동안 눈에 불을 켜고 살펴도 아무것도 찾지 못할 것이다.

그렇게 산속을 헤매던 이화운의 눈에 하수오가 한 뿌리 눈에 띄었다. 백 년까진 아니고 한 오십 년 정도 된 하수오였다. 복용하면 적어도 일, 이 년의 내공을 얻을 수 있었다.

이화운이 조심스럽게 하수오를 채취했다. 오십 년짜리 하수오는 어차피 자신에게는 소용이 없었기에 설수린과 전호에게 줄 생각이었다. 닭과 함께 넣어서 푹 삶아 먹이면 두 사람에게 좋을 것이다.

하수오를 챙겨서 품에 넣으며 이화운이 피식 웃었다. 요즘 누군가를 자꾸 챙기고 있음을 깨달은 것이다. 그것도 자발적으로.

그 주변에는 하수오뿐만 아니라 고급 약재의 재료가 되는 약초들이 널려 있었다. 이화운은 그것들을 모두 캤다.

그렇게 제법 수북이 약초를 캐고 돌아서 나오는데, 저 멀리 노인 하나가 다가왔다. 옆구리에 찬 주머니에 약초가 보였다. 아마도 이곳 산에서 약초를 캐는 노인인 듯 보였다.

"못 보던 얼굴인데?"

"그냥 지나던 길입니다."

"그렇다면 제법이구먼."

이화운의 손에 들린 약초들은 전부 귀한 것들이었다.

"혹시 눈여겨보신 약초입니까?"

"아니네. 설령 그렇다 하더라도 자네가 먼저 캤으니 자네 것이지."

자신의 영역에서 약초를 캤다며 쓴소리 한번 할 법도 했는데 보기보다 경우가 바른 노인이었다.

노인이 한옆 바위에 앉아 땀을 닦았다.

"이렇게 만난 것도 인연인데, 잠시 땀이라도 식히시게."

이화운이 그 옆에 나란히 앉았다. 노인이 자신의 주머니에서 작은 주머니를 하나 꺼내 건넸다.

"여기 담게."

"감사합니다."

이화운이 그곳에 약초를 담았다.

"약초를 캔 지는 얼마나 되었나?"

"한 오 년 되었습니다."

중경에 정착한 후 사냥과 약초에 의지해서 살았다.

"자넨 오늘 운이 아주 좋은 날이거나 타고난 약초꾼이군."

약초꾼이라고 해서 그냥 산을 잘 타고 눈만 좋으면 될 것 같지만, 사실상 약초를 캐는 데는 생각보다 많은 경험과 실력, 그리고 감이 필요했다.

"그냥 운이 좋은 날입니다."

"그런 날도 있어야지. 아니, 그런 날 때문에 이 일을 계속하는 것이겠지."

이화운은 노인의 말을 누구보다 잘 이해했다. 사냥도, 약초 채집도 마찬가지다. 몇 날 며칠을 허탕 치다가도, 어떤 날은 정말이지 다 들고 갈 수 없을 정도로 대박을 치기도 했으니까. 그 하루를 위해 몇 달을 참는 것이 사냥꾼이고 약초 채집꾼인 것이다.

이야기를 들어보니 노인은 아버지를 따라 어려서부터 약초를 캐며 살았다고 했다. 한평생을 천산에서 약초를 캐며 살아온 것이다. 그래서 혹시나 해서 물었다.

"혹시 말입니다. 아주 오래전 이곳에서 강호인들이 비무를 벌였던

일을 아십니까?"

그러자 노인이 눈을 크게 뜨며 물었다.

"자넨 그것을 어찌 아는가?"

"알고 계십니까?"

생각지도 못한 대답에 이화운은 깜짝 놀랐다. 약초 캐는 노인이 수십 년 전의 그 일을 알고 있을 줄은 예상하지 못했던 것이다. 질문한 것도 정말 혹시나 해서였다.

"알고 있다네. 내가 열두 살 때의 일이었지."

놀랍게도 노인은 그 시기조차 정확히 기억하고 있었다.

"그에 대해 말씀해 주시겠습니까?"

"두 사람의 비무로 비호봉 절벽 한쪽이 무너졌지."

"오래전 일인데 어떻게 기억하고 계시는 겁니까?"

"그럴 만한 이유가 있다네."

노인이 하늘을 올려다보며 그날을 떠올렸다.

"그 비무에서 진 사람이 우리 집에서 치료를 받았다네."

이제야 이화운은 노인이 왜 그 일을 기억하고 있는지를 이해했다.

"그 졌던 사람이 누군지 기억하십니까? 혹시 이름이라도."

노인의 이마의 주름살이 깊어졌다. 아무리 떠올려도 기억이 나지 않았다. 그때 이화운이 말했다.

"혹시 차수였습니까?"

"차수? 아, 맞네. 차수. 그 사람 이름이 차수였네."

서공찬의 정보에 나온 것처럼 그는 이곳에서 확실히 비무를 한 것이다.

"약초를 캐던 아버지는 산속에 쓰러진 그 사람을 발견했지. 비무를 끝내고 산에서 내려오다가 기혈이 막혀 쓰러진 것이었지. 아버지는 그를 집으로 데려와서 치료를 해 주었다네. 당시 아버지는 약초의 효능에 능통해 어지간한 의원보다 더 나은 의술을 지니고 계셨지."

그리고 그 비무의 결과는 차수의 패배였다.

"그에 대해 더 알고 싶습니다. 혹 기억나시는 바가 있으시다면 알려주시겠습니까?"

"자넨 그 사람과 어떤 사이인가?"

"후대에 인연이 있습니다."

노인이 가만히 이화운을 응시했다. 나이가 들면서 늘어난 것은 주름만이 아니었다. 노인은 적어도 이화운이 나쁜 사람이 아님을 느낄 수 있었다.

"그는 충격을 받았던 것 같았지. 첫 한두 달은 매일 멍하게 앉아서 비무를 했던 비호봉을 쳐다보고만 있었으니까. 이후에 친해졌을 때 그는 자신에 대해 몇 가지 이야기를 해주었지. 중원을 여행하며 비무행을 하고 있었다고 했네. 그때까지 단 한 번도 진 적이 없다고도 했지."

"비무 상대에 대해서도 이야기를 해주었습니까?"

"그는 이곳 천산에 고수가 있다는 소문을 듣고 찾아왔다고 했네. 아마 그 상대 고수가 이곳 천산에서 무엇인가를 찾고 있었다고 했지?"

순간 이화운은 그 비무 상대가 사조님이 맞다고 확신했다. 그리고 그분이 찾던 것은 바로 사신공의 원류였을 것이란 생각이 들었다.

사조 역시 자신이 찾으려는 그것을 찾고 있었던 것이다.

문득 한 가지 이상한 생각이 들었다.

그렇다면 이곳이 사신공의 원류라는 것이 사조님 대까지는 내려왔다는 뜻인데. 왜 사부는 이곳에 대해 한 번도 언급한 적이 없었을까? 모르고 계셨던 것일까? 아니면 알고도 말해 주지 않은 것일까?

"치료가 끝나갈 무렵, 한 사람이 찾아왔네. 친구라고 하더군. 그의 이름은 확실히 기억하네. 나로서는 잊을 수 없는 이름이거든."

"이름이 무엇입니까?"

"조평군(曺平君). 내 이름도 평군이네. 그는 나와 같은 이름을 가진 사람이었지."

조평군이란 말에 이화운은 탄성을 내뱉었다.

차수에 대한 정보에는 없던 이름이었다. 하지만 이화운은 그가 누군지 알고 있었다. 예전 정보 상인 서공찬을 통해 조금산을 조사했을 때 봤던 이름이었다. 그는 바로 조금산의 아버지였다.

차수와 조평군은 친구였던 것이다. 그러니까 차수에게 조금산은 친구의 아들인 셈이다.

조평군. 친구임에도 차수에 관한 방대한 조사에 들어 있는 않은 이름. 하지만 차수는 현재 그 아들을 지켜 주고 있었다. 분명 두 사람 사이에 어떤 말 못할 사연이 있는 것이리라.

"그와 함께 떠나간 것이 마지막이었네. 다시는 그를 볼 수 없었지."

노인이 하늘을 올려다보며 덧붙였다.

"참으로 삶이란 묘하군. 그 시절의 일을 다시 떠올릴 날이 오다니."

그건 이화운이 해야 할 말이었다.

중경에 정착해서 조용히 살지 않았다면 약초 채집도 하지 않았을 것이고, 만약 그랬다면 오늘 노인이 말을 걸어오지도 않았을 것이다.

삶은 우연에 의해 좌우되는 듯 보이지만, 이 우연 또한 삶의 필연에서 비롯된 것이었다.

이렇게 차수에 대한 실마리는 찾았지만, 이화운은 곧장 천산을 떠나지 않을 생각이다. 딱 하루만 더 사신공의 원류를 찾아볼 생각이었다.

"말씀 감사드립니다."

"도움이 되었다니 나도 기쁘군."

이화운은 그에게 감사의 뜻으로 자신이 캔 약초를 주었다. 받지 않겠다며 노인은 휘이휘이 그곳을 떠나갔다. 억지로 주자면 줄 수도 있었겠지만, 이화운은 그러지 않았다.

가방 속 설수린에게 삶아 줄 하수오를 잠시 내려다보던 이화운은 노인과 반대쪽으로 걸음을 옮겼다.

＊　　＊　　＊

설수린은 이화운의 숙소 뒷마당에서 무공 수련을 하고 있었다.

마음 같아선 이것저것 조사라도 하고 싶었지만, 그녀는 그러지 않았다. 조금산을 상대하는 일이었다. 괜히 설레발을 쳤다가 일을 그르칠까 두려워서였다.

강호에서 살아남으며 얻은 교훈이 있다.

힘이 약할 때는 한 걸음 물러나는 것이 현명한 일이다. 이 보 전진을 위한 일 보 후퇴.

그리고 그녀는 가장 멋진 후퇴는 무공 수련이라 생각했다.

그녀가 익힌 검술은 백사검법(白蛇劍法)이었다. 원래 그녀의 가전 검술은 이류에 불과했는데, 제갈명이 그녀에게 백사검술의 비급을 구해준 것이다. 그때가 맹에 들어와서 그를 만난 지 일 년쯤 지났을 때였다.

흰 뱀의 움직임을 보고 만들었다는 백사검술은 일류에 속한 검술이었고, 그녀는 죽을힘을 다해 연마했다. 검술이 칠성에 이르렀을 때, 그녀는 절정에 들 수 있었다.

그리고 이번에 무공이 상승하면서 칠성의 마지막 단계에 다다랐다. 조금만 더 노력하면 확실히 팔성에 들 수 있을 것 같았다. 어떤 무공도 마찬가지지만 후반으로 갈수록 올리기 어려워진다. 그랬기에 후반에 일성이 올라가면 실력이 표가 나게 향상되었다.

무공 수련의 좋은 점은 그뿐만이 아니었다.

수련하는 순간만큼은 복잡한 생각들을 모두 잊을 수 있었다.

그녀가 한바탕 수련을 마쳤을 때, 앞마당 쪽에서 인기척이 났다.

그녀가 앞마당으로 나가자 뜻밖에도 조수아와 난화가 와 있었다.

"어? 당신은?"

설수린을 보자 조수아는 조금 놀란 표정을 짓다가 이내 그녀가 이화운의 호위를 맡고 있다는 것을 깨달았다.

"그 사람을 만나러 왔어요."

난화의 만류에도 조수아가 이화운을 찾아온 것은 마음을 확실하게 다지기 위해서였다. 할아버지의 말씀처럼, 앞으로는 큰일을 해 나가야 했다. 지금은 생각하지 않으려 해도 계속 이화운이 생각났다. 자꾸 그날 일이 떠올랐다. 차라리 이화운을 만나고 시원스럽게 패배를 인정하고 나면 오히려 마음이 편해질 것 같았다.

"이 공자는 지금 없어요."

"어딜 갔죠?"

"저도 모르겠어요."

조수아가 살짝 인상을 찡그렸다.

"당신은 그의 호위 책임자 아닌가요?"

"뭔가 잘못 아신 것 같군요. 저는 그가 무림맹에 잘 적응하게 도와주는 역할이에요. 어쨌든 그가 돌아오면 오셨다고 전해드리죠."

하지만 조수아는 떠나지 않고 마당 한옆에 놓인 바위에 걸터앉았다.

"기다리죠."

"언제 돌아올지 몰라요."

조수아는 그 말을 무시했다. 고집스러운 그녀의 등을 쳐다보는데, 그 순간 설수린의 마음에 하나의 장면이 떠올랐다.


향이 피어오르고 있었다.

그 앞에서 앉아서 놀고 있는 꼬마애가 보인다. 지금과 똑 닮은 조수아의 어린 시절 모습이었다.

그리고 그 옆에 한 사람이 서 있었다. 지금보다 젊은 시절의 조금산이었다. 그가 바라보는 곳에 두 개의 위패가 놓여 있었다.

아들과 며느리의 위패였다. 조금산의 두 주먹이 파르르 떨리고 있었다. 그는 온몸에 살기를 내뿜으며 이를 바드득 갈았다.

"……절대 용서하지 않을 것이다."


다음 순간 장면이 사라졌다.

설수린이 침을 꿀꺽 삼켰다. 조금산의 무서운 눈빛이 떠올랐다. 그와중에도 그녀는 확실히 느낄 수 있었다. 아들 내외의 죽음이 그가 이번 일에 끼어든 이유라는 것을. 조금 전에 봤던 장면이 바로 그 시작점이라고.

등을 돌린 채 조수아가 불쑥 물었다.

"왜 그 사람을 좋아한 거죠?"

생각지도 않은 질문에 설수린은 내심 당황했다. 그녀가 갑자기 그런 질문을 할지 몰랐던 탓이었다. 전호의 말이 떠올랐다. 애증. 어쩌면 그녀는 지금 애증의 늪에 빠져든 것일지도 모른다.

"그는……."

막상 대답하려니까 생각나는 것이 없었다.

무엇 때문에 그를 좋아하는 것일까?

무공이 강해서? 돈이 많아서? 잘 생겨서? 그래, 그럴지도 모르지. 하지만 그 셋 이전에 분명 뭔가가 더 있는 느낌이었다.

말로 표현이 안 되는 그 무엇이. 그것을 무엇이라 표현해야 할까?

대답을 망설이는 사이 조수아가 고개를 돌려 그녀를 쳐다보았다.

설수린이 싱긋 웃으며 말했다.

"그는 돈이 많거든요."

그러자 조수아가 피식 웃었다.

"적어도 솔직해서 좋네요."

마음이 바뀌었는지 조수아가 자리에서 일어났다.

"그에게 전해 줘요. 내가 찾아왔었다고."

*     *     *

이화운이 동굴을 찾은 것은 천산을 떠나려고 마음먹은 마지막 날이었다.

동굴을 찾기 전 먼저 도착한 곳은 작은 폭포였다. 작은 폭포와 바위, 들풀들. 아이들이 깔깔대며 물장난을 치면 좋을 그곳.

그곳에 도착하자 이화운은 왠지 편안하고 마음이 푸근해졌다. 그 순간 이화운은 알 수 있었다. 자신이 찾고자 한 곳이 여기라는 것을.

말하지 않아도 알 수 있는 어떤 것, 그것은 바로 운명의 끈이었다. 수백 년을 넘어 지금까지 이어진 끈.

그 보이지 않는 끈을 따라 천천히 걸음을 옮겼다. 그리고 폭포 뒤에 감춰진 동굴을 발견할 수 있었다.

동굴의 위치는 그야말로 절묘해서 절벽 뒤에 입구가 있다는 것을 안다 하더라도 찾기가 어려웠다. 폭포물이 튀어서 시야 확보가 어려운 데다가 튀어나온 바위 뒤쪽에 입구가 있었던 것이다.

이화운이 동굴로 들어갔다. 허리를 숙여서 들어가야 하는 그곳은 맹수가 사는 굴처럼 보였다. 좁고 비좁은 통로로 조금 기어 들어가자 다른 공간이 나왔다. 제법 넓은 공간, 그리고 한구석에 물이 흐르고 있었다. 이화운이 살짝 물을 찍어 먹어보았다. 마실 수 있는 물이었다. 위험한 상황에 숨어 지내기 딱 좋은 곳이었다.

공기도 통했고, 암석 틈 사이로 가느다란 빛이 여러 갈래 들어왔다.

안으로 들어가는 통로가 있었다. 이화운이 안으로 계속 들어갔다.

십여 걸음 들어가자 그곳에 작은 석실이 있었다.

석실 한쪽 벽에 한 노인의 얼굴이 그려져 있었다. 너무 오래되어서 그 형체만 미미하게 남아 있었다.

그 앞에는 단상이 있었는데 그 위에 위패가 모셔서 있었다. 단단한 밤나무로 만들어진 위패에 쓰인 이름은 사신공을 창시하신 분의 것이었다.

이화운이 공손히 큰절을 올렸다. 지금 자신이 있는 것은 바로 이 분이 있었기에 가능한 것이다. 마음을 다해 절을 하고 다시 몸을 일으키려는데 단 아래쪽에 작게 튀어나온 것이 눈에 띄었다.

이화운이 다가가서 조심스럽게 그것을 눌렀다.

그러자 한쪽 벽이 열렸다. 엎드려 절을 하지 않았다면 보이지 않을 곳에 있는 장치였다. 그야말로 제대로 예의를 갖추지 않은 사람은 찾을 수 없는 비밀 장치였던 것이다.

오래전 만들어진 기관치고는 꽤 정교한 기관이었다. 수백 년 전의 기관은 아니고, 아마도 이곳에 위패를 모신 선대 고수가 만든 기관인 것 같았다. 동굴 역시 그분이 발견한 것이고.

이화운이 다시 그 통로로 걸어 들어갔다.

통로의 끝에는 또 다른 석실이 있었다. 이번에는 제법 널따란 공간이었는데 그 안은 텅 비어 있었다. 사방 벽과 바닥에 손자국과 발자국, 검과 도, 창의 흔적이 찍혀 있었는데 아마도 이곳에서 수련했던 모양이었다. 과연 한옆에 낡은 창과 검, 도가 세워져 있었다. 그리고 한쪽 벽에 새겨진 세 마리의 황룡 문양.

그 외에는 아무것도 없었다.

하지만 이화운은 이곳에 뭔가 있음을 직감했다. 아무것도 없다면 굳이 그런 비밀 장치를 할 필요가 없었을 테니까.

이화운은 꼼꼼히 벽을 살피며 비밀 장치를 찾기 시작했다.

*        *        *

"부르셨습니까?"

제갈명이 들어선 곳은 맹주의 집무실이었다.

맹주 자리에 앉아 있는 사람은 야율강이었다. 그는 보란 듯이 천무광의 자리에 앉아 제갈명을 쳐다보고 있었다.

제갈명의 얼굴에 살짝 못마땅한 기색이 스쳤다. 그는 자신의 감정을 의도적으로 감추지 않았다. 이런 싸움에는 자연스럽게 행동해서 의심을 받지 않는 것이 가장 현명한 처세술이었으니까.

"어서 오세요, 총군사."

야율강이 자리에서 일어나 집무실 가운데 탁자에 앉았다. 제갈명이 그 앞에 마주앉았다.

시비가 와서 차를 내왔는데 평소 천무광이 자주 마시던 철관음(鐵

觀音)이었다. 보란 듯이 철관음을 마시는 야율강을 보며 제갈명은 내심 조소했다.

'분명해. 야율강은 직접 개입하진 않았어.'

그렇다고 하기에는 야율강은 지금 이 상황을 너무나 즐기고 있었다. 그는 진심으로 임시 맹주가 된 것을 기뻐하고 있었고, 또한 임시가 아니라 진짜 맹주가 되기를 기대하고 있었다. 반응은 순수했고 의도가 담겨 있지 않았다.

'그는 꼭두각시에 불과해.'

제갈명은 그렇게 확신했다.

그런 마음을 아는지 모르는지 야율강이 찻잔을 내려놓으며 흡족한 미소를 지었다.

"차 맛이 아주 좋군요."

제갈명은 대답 대신 그저 고개를 한 번 끄덕였다. 야율강은 제갈명에 대해 고민이 많았다. 자기 사람으로 만들자니 천무광에 대한 충성심이 너무 강했고, 그렇다고 버리자니 그 능력이 너무 뛰어났다. 일단 시간을 두고 천천히 생각해 볼 작정이었다.

"바쁘신데 이렇게 불러서 미안하외다."

"아닙니다. 한데 무슨 일이신지요?"

"뇌옥을 지키는 호위 무인들 속으로 암살자가 위장 잠입했다는 보고를 받았소."

"네, 그렇습니다."

"얼마나 신빙성이 있소?"

"매우 높습니다."

"배후는 알아냈소?"

"정확히는 알 수 없습니다만, 사파나 마교로 추정하고 있습니다."

야율강이 차로 목을 축인 후 다시 물었다.

"이제 어떻게 대처할 생각이시오?"

"보고서를 보셔서 아시겠지만 우선 뇌옥의 경비 인원을 백호단으로 교체할까 합니다. 맹주님부터 보호한 후 암살자 색출을 진행해야겠지요."

"군사를 부른 이유도 그 때문이오. 백호단보다는 전각을 파견해야 하지 않겠소?"

"전각은 본래 호위나 경계 임무를 맡지 않습니다."

"알고 있소. 하지만 상황이 상황인 만큼 최고의 실력자들을 배치해야 하지 않겠소? 또 백호단은 전대 맹주와의 관계도 있으니 입장도 곤란할 터이고."

그 말에 제갈명은 확신했다.

'분명 조금산과 관계가 있어.'

야율강의 입장에서는 오히려 암살자가 천무광을 죽이길 간절히 바라고 있을 것이다. 그런 야율강이 맹주의 호위를 강화시키는 선택을 하고 있었다.

과연 누가 야율강의 마음을 바꿀 수 있었을까? 단 한 사람, 조금산이었다. 조금산은 뭔가 그럴듯한 이유를 들어 야율강을 설득했을 것이다.

"전각을 파견하시오."

야율강의 명령에 제갈명이 묵묵히 고개를 끄덕이며 말했다.

"알겠습니다. 전각을 파견하도록 하겠습니다."

"고맙소."

몇 마디 이야기를 더 나눈 후 제갈명이 맹주전을 걸어 나왔다.

전각이 개입되었다고는 하지만, 배신자는 전각주 하나였다.

'그렇다면 전각주가 직접 손을 쓰겠다는 뜻인데.'

적어도 전각주의 죄를 현장에서 밝혀낼 수 있다는 뜻이었다. 여러 변수가 생길 수 있겠지만, 제갈명은 천무광의 무공을 믿었다.

문제는 조금산이었다. 사도명의 정체를 밝혀내는 과정에서 천무광이 멀쩡하다는 것을 안다면, 조금산은 꼬리를 말고 굴속으로 숨어 버릴 것이다. 그는 다시 천무광의 둘도 없는 친구가 될 것이며 그 가면을 절대 벗지 않을 것이다.

'그래선 안 돼!'

*　　　*　　　*

이화운은 석실을 샅샅이 살폈지만 별다른 장치를 찾을 수 없었다. 하지만 분명히 이 석실에는 뭔가가 있었다. 뭔지 모를 기운이, 어떤 거대한 힘이 느껴졌다.

대체 무엇이 감춰져 있는 것일까?

이화운은 석실 가운데 서서 다시 한 번 사방을 둘러보았다. 보이는 것은 오직 수련의 흔적들뿐.

그때 이화운은 문득 한 가지 의문을 떠올렸다.

왜 굳이 이 구석 석실에서 수련했을까?

바깥에도 너른 공간은 있었다. 굳이 석굴 안이 아니더라도 공기 좋고 경치 좋은 곳에서 수련할 수 있었다. 다른 사람의 이목을 피하기 위해서는 아니었다. 사신공을 창시한 선대 고수의 실력이라면 누군가 다가오면 그 전에 알아차릴 수 있었을 테니까.

그렇다면 왜?

실마리를 찾아낸 이화운의 머리가 빠르게 회전했다.

수련이라는 측면에서 다시 한 번 사방 벽을 주시하던 이화운의 눈빛이 반짝였다.

"혹시?"

크게 심호흡을 한 번 하고 난 후 이화운은 벽에 세워진 도를 가져와서 우선 청룡도법을 펼치기 시작했다.

바닥의 발자국을 정확히 짚어가며 청룡도법을 펼쳤고, 벽에 남은 칼자국도 정확히 겹치게 했다.

청룡도법에 이어, 백호검법을, 다시 주작창법과 현무권법까지. 이화운은 사신공을 순서대로 펼쳤다.

바닥과 벽의 자국에 이화운이 내지른 검과 창, 도, 그리고 발과 주먹이 정확히 겹쳐졌다. 워낙 복잡한 움직임을 요구했기에 사신공의 대성을 이루지 않았다면 절대 똑같이 맞출 수 없었다. 이화운이 대성을 이룬 사신공을 처음부터 끝까지 모두 펼쳤다.

마지막 초식을 끝내는 그 순간, 놀랄 만한 일이 벌어졌다.

츠츠츠츠츠!

한쪽 벽에서 황금빛이 뿜어져 나오면서 그곳에 글자가 보였다.

그것은 놀랍게도 사신공의 다섯 번째 무공구결이었다.

사신공 마지막 무공, 바로 황룡신공(黃龍神功)이었다.

허공에 떠오른 구결이 이화운의 두 눈으로 박히듯 날아들었다. 일부러 외울 필요도 없었다. 마치 거짓말처럼 모든 구결이 이화운의 머릿속에 새겨졌다.

모든 구결이 이화운의 머릿속에 새겨진 순간, 빛이 하나로 뭉쳐졌다. 황금빛 글자가 하나의 모양을 만들었다. 그것은 바로 황룡이었다. 여의주를 물고 승천하며 황룡이 허공에서 포효했다.

스르르르륵!

한바탕 용틀임을 한 황룡이 벽에 새겨졌다.

세 마리의 황룡.

이제야 이화운은 벽에 새겨져 있던 두 마리 황룡의 의미를 알 수 있었다.

바로 자신이 황룡신공을 세 번째로 이룬 것이다.

수백 년 역사를 내려오면서 사신공 모두 대성을 이루고 이곳을 찾아 황룡신공을 익힌 사람은 자신을 합쳐서 고작 세 명에 불과했던 것이다. 이화운이 감격에 찬 목소리로 소리쳤다.

"아! 내가 익혔구나!"

겉으로 감정을 잘 표현하지 않는 그였지만, 그 역시 강호인이었다. 이화운의 가슴이 격동했다. 그야말로 날아갈 듯 기분이 좋았다.

기쁨은 정신적인 부분만이 작용하는 것이 아니었다. 검혼을 흡수한 후, 이화운의 육체 역시 간절히 발전을 바라고 있었다. 그리고 지금 사신공보다 더 뛰어난 무공인 황룡신공의 구결을 익히자, 온몸에서 희열이 휘몰아쳤다.

이화운이 눈을 감고 그 자리에서 운기조식을 시작했다. 구결의 처음부터 끝까지 천천히 되새겨 보고 싶다는 마음에서 비롯된 본능적인 선택이었다.

구결이 생생히 기억났다. 사신의 중앙을 담당하는 황룡. 그리고 그 황룡신공의 핵심은 '조화'였다. 네 개의 무공을 하나의 무공으로 합쳐내면서 조화를 이뤄내는 것. 네 무공 모두 대성을 이뤄야만 황룡신공을 익힐 수 있는 이유도, 황룡신공의 핵심이 바로 만물의 조화에 있었기 때문이었다.

황룡신공은 사신공의 모든 장점을 합친 무공이었다. 이론상으로는 황룡신공을 대성하면 지금보다 네 배로 더 강해질 수 있을 것 같았다. 물론 무공이 워낙 심오해서 대성을 이루는 것은 몇 년이 될지, 몇십 년이 될지 알 수 없는 일이었다.

그리고 운기조식을 하며 구결을 다시 떠올린 이화운의 이 선택은 정말이지 하늘이 내린 한 수가 되었다.

운기조식을 하던 중 무아지경(無我之境)에 빠져든 것이다. 무아지경이란 자신조차 잊고 어떤 일에 빠져드는 것을 말하는데, 강호인에게 있어 무아지경은 그야말로 기연 중의 기연이었다.

경우에 따라선 평생 고민해도 풀리지 않을 것들이 무아지경 속에서 풀리기도 했다.

무릇 어떤 무공이든 맨 처음 배울 때가 가장 중요하다. 그때 어떤 느낌으로 무공을 받아들이느냐에 따라, 끝이 결정되는 것이다.

이번 경우도 마찬가지였다. 만약 이화운이 구결을 익혔으니 나중에 천천히 되새겨 봐야지 했다면 지금의 이 기연은 얻지 못했을 것이다.

심연보다 깊은 사색의 바다를 헤엄쳐 나왔을 때, 이화운에게 어떤 변화가 있을지는 그가 눈을 떠 봐야 알 수 있었다. 한 가지 분명한 것은 다시 눈을 떴을 때, 그는 지금보다 더 강해져 있을 것이란 점이었다.

이화운은 그렇게 몇 시진이 될지, 며칠이 될지 모르는 무아지경에 빠져들었다.

第八章
호위교체

天下第一

　뇌옥의 호위교체 명령서를 전각에 보낸 후 제갈명은 곧장 천무광을 찾아왔다.

　전각이 호위를 맡으면 이제 천무광은 홀로 고립되는 것이다. 어떤 위험이 있을지 모를 일이었다. 천무광의 무력을 믿지 않으면 결코 시행할 수 없는 작전이었다.

　"놈들이 수를 부릴 것입니다."

　천무광은 묵묵히 고개를 끄덕였다. 어딘지 모르게 그의 표정이 어두운 것처럼 느껴졌기에 제갈명이 조심스럽게 물었다.

　"혹시 불편하신 곳이라도 있으십니까?"

　"아니네."

　하지만 분명 천무광은 평소와 달랐다. 사실 천무광은 검혼에 의해

내상을 입은 상태였다. 하루 이틀 운기조식하면 나아질 것이라 여겼는데, 내상은 더욱 깊어졌다.

'빌어먹을!'

천무광은 내심 분통이 터졌다. 그깟 검혼에 이렇게 당한 것이 자존심이 상했다.

제갈명에게 알리지 않는 것은 비단 자존심 때문만은 아니었다. 지금의 이 내상은 약으로 고칠 수 있는 것이 아니었다. 시간을 두고 치료를 해야 했다. 어차피 자신들에게 그럴 시간은 없었으니, 말을 해봤자 소용이 없는 것이다.

"놈들이 어떻게 나올 것 같나?"

"전각주가 직접 손을 쓸 것으로 예상합니다. 맹주님과 긴히 할 이야기가 있다면서 수하들을 물리고 암습을 가할 겁니다. 그게 아니라면 독을 사용할 가능성도 있습니다. 맹주님의 상세가 심각하다고 생각하고 있으니 독이 먹힐 것으로 생각할 테니까요."

제갈명이 품에서 손바닥 크기의 작은 목곽을 꺼냈다. 안에 흰색의 환단이 하나 들어 있었다.

"해독단입니다. 어지간한 독은 모두 해독해 낼 수 있을 겁니다. 위급할 때 사용하십시오."

"고맙네."

천무광이 순순히 해독단을 받아 챙겼다. 내상을 당한 상태에서 괜한 자존심을 부리는 건 어리석은 짓이다. 물론 내상을 입었다고는 하지만 전각주 정도는 충분히 상대할 자신이 있었다.

"야율강 그 사람에 관한 조사는?"

"야율 선배는 이번 일과 직접적인 관계는 없는 것 같습니다."

"다행이군."

"네."

잠시 제갈명을 응시하던 천무광이 나직이 물었다.

"아직도 조금산 그 친구에 대한 생각, 변함이 없나?"

아직도 그를 의심하고 있느냐는 물음이었다.

"네."

제갈명은 솔직히 대답했다.

"오히려 그가 개입되어 있다는 정황이 더 뚜렷해지고 있습니다."

제갈명의 확고한 대답에 천무광이 한숨을 내쉬었다. 제갈명이 얼마나 똑똑하고, 또한 신중한 사람인지 누구보다 잘 알고 있었다.

"만에 하나라도 자네 말이 사실이라면 그 일을 어떻게 수습할 텐가?"

"증거가 포착되면 만천하에 밝혀야지요. 그리고 그 자리에서 끝장을 내셔야 합니다."

끝장이란 말에 천무광이 깜짝 놀랐다.

"그를 죽여야 한단 말인가?"

"네. 그것도 만인이 지켜보는 그 자리에서 말입니다."

두 사람이 친구란 것을 알았지만 제갈명은 단호했다.

"그를 살려두고 처리하려 했다가는 수천, 수만 명의 무고한 피를 봐야 할지도 모릅니다."

제갈명은 안다. 조금산이 얼마나 많은 사람과 돈으로 얽혀 있는지. 그들은 어떤 수를 써서라도 조금산을 구해내려 할 것이다.

하지만 차라리 그가 죽어 버리면? 게다가 무림맹을 전복시키려는 조직과 연계됐다는 확실한 증거까지 있는 상황이라면?

그렇다면 분명 상황은 달라질 것이다.

복수를 꿈꾸는 자들이 나오겠지만 조금산을 구해내려고 펼쳐지는 일들에 비하면 미약할 것이다. 정승댁 개가 죽으면 문상객이 들끓어도 정작 정승이 죽으면 문상객이 끊긴다는 말처럼 세상 인심이 그러하니까.

제갈명도 천무광을 마주 보았다. 모든 것은 천무광에게 달려 있었다. 만약 그가 끝까지 조금산을 옹호한다면, 설령 증거를 찾아낸다 하더라도 조금산을 처리하지 못할 것이다.

"우선 전각주부터 처리하지."

제갈명은 여전히 그가 결단을 내리지 못하고 갈등하고 있음을 느꼈다. 하긴 그것이 쉽게 될 일은 아닐 것이다. 어쨌든 이화운과 설수린이 증거를 찾아올 때까지 버텨야 했다.

"부디 조심하십시오."

"알겠네."

제갈명이 뇌옥을 나왔다. 전각의 무인들이 뇌옥으로 들어갔고 원래 뇌옥을 지키던 신충의 수하들이 모두 밖으로 나왔다. 양측 무인들 사이에 팽팽한 긴장이 흘렀다.

신충의 수하들은 진심으로 맹주의 안위를 걱정했다. 맹주가 주화입마에 빠졌던, 빠지지 않았던 그것은 상관이 없었다. 그들에게는 자신들이 지켜야 할 맹주였으니까. 하지만 공식 명령이 내려온 이상 어쩔 수 없었다.

바깥에 신충이 기다리고 있었다. 아직 채 부상에서 낫지 않은 그였는데, 호위가 바뀐다는 소식을 듣고 이렇게 나온 것이다.

"저라도 맹주님과 함께 있게 해 주십시오."

제갈명이 고개를 가로저었다.

"그럴 수 없네."

제갈명은 신충의 충성심을 누구보다 잘 알았다. 하지만 누군가를 지켜주는 방법에는 여러 가지가 있는 법이다. 지금 자신의 선택이 천무광과 무림맹을, 그리고 나아가 이 강호를 지키는 길이었다.

*        *        *

이화운이 눈을 떴을 때 주위는 캄캄했다.

얼마나 시간이 흐른 것일까?

이화운은 자신이 무아지경에 빠져들었음을 깨달았다. 강호출도 이래, 주위를 의식하지 않고 이렇게 깊은 생각에 빠져든 것은 처음이었다.

이화운이 운기조식을 했다. 예전과 다른 기분이었다.

뭔가 확실히 달랐다. 혈맥을 따라 흐르는 내공은 더 빠르고 강하게 흘렀다. 혹시나 하는 마음으로 황룡신공의 성취를 살폈다.

이화운은 깜짝 놀랐다. 놀랍게도 황룡신공이 칠성에 이른 것이다.

황룡신공은 그야말로 극상승의 무공으로 그 성취가 대단히 힘든 무공이었다. 이화운의 실력이라도 칠성에 이르려면 매일 고된 수련을 해도 어림잡아 몇 년의 시간이 더 필요할 일이었다.

하지만 구결을 익힌 이화운은 단 한 번의 무아지경에 빠져드는 것으로 초반에 겪었을 여러 시행착오를 극복한 것이다.

그것은 일전에 무혼을 흡수하면서 경험했던 것이 큰 도움이 되었다. 그때 이화운은 내공이 정순해짐과 동시에 자신의 육체를 객관화하여 볼 수 있었다.

그 경험이 이번 무아지경의 효과를 극대화했다. 그리고 그 결과는 황룡신공이 칠성에 이르는 기적 같은 성과로 나타났다.

기쁨이 밀려들었지만, 이화운은 차분히 마음을 다스렸다.

하늘이 사람에게 재앙을 내릴 때면 반드시 먼저 작은 복을 주어 교만하게 한다는 말이 있다. 좋은 일이 생겼다고 무작정 좋아만 할 일이 아니란 뜻이다.

물론 그 말의 반대 경우도 성립한다. 하늘이 사람에게 복을 줄 때면 반드시 먼저 작은 재앙을 내려 이를 경계토록 한다. 어려운 일이 닥쳤다고 좌절하지 말라는 뜻이다.

그런 삶의 균형감은 황룡신공의 핵심인 조화와 닿아 있었다.

이화운이 자리에서 일어났다. 그 순간 배에서 꼬르륵 소리가 나면서 극심한 허기가 밀려들었다.

"설마?"

이화운의 가슴이 철렁거렸다. 이곳 동굴을 발견한 그날이 아닐 수 있다는 생각이 든 것이다.

이화운이 빠르게 석실 밖으로 걸어 나갔다. 석굴 안은 들어왔을 때 그대로였다.

하지만 밖은 달랐다.

오 일이나 지나 있었던 것이다.

*　　　*　　　*

설수린은 저자에 있는 다루에 앉아 있었다.

온종일 무공 수련만 하다가 잠시 쉬러 나온 것이다. 이화운이 떠나고 제법 날짜가 흘렀다. 그사이 그녀는 무공 수련에만 매달렸다. 조금만 더 노력하면 팔성에 도달할 수 있을 것 같았다. 잡힐 듯 말 듯 팔성의 경지가 눈앞에 아른거렸다.

그때 계산대에 앉아 있던 주인장 여인이 웃으며 말했다.

"그때보다 얼굴이 좋아 보이세요."

"네? 저를 아세요?"

설수린은 순간 이곳이 지난번 조수아의 관심을 얻기 위해 이화운과 연기를 했던 바로 그 다루임을 깨달았다. 자리도 바로 그 자리였다.

"아, 그랬었죠."

설수린이 머쓱한 미소를 지었다.

"제가 괜히 아는 척을 했나요?"

"아뇨. 이젠 괜찮아요."

여인은 설수린이 실연을 당했다고 생각하고 있었다. 그날 분위기가 그러했으니까.

"저도 사랑이 전부인 것 같았던 시절이 있었죠. 하지만 살아보니까 꼭 그렇지도 않더라고요. 죽어도 잊지 못할 것 같은 사랑도 시간이 지나면 다 잊히더군요."

그러면서 여인이 웃었다. 자신을 위로해 주려는 마음임을 알았기에 설수린은 미소를 지었다.

"누군가를 잊기 위한 비법은 없더라고요. 그냥 세월이 해결해 줄 때까지 자신의 삶을 살아가는 것이 최고의 방법이지요."

"감사해요."

"별말씀을."

그러면서 여인이 새로운 차를 한 잔 더 가져다주었다.

"이건 제가 주는 응원의 선물이에요."

차 맛이 좋았다. 도산검림의 흉흉한 강호를 살아가고 있지만, 세상에는 이렇게 따뜻한 마음을 가진 사람들이 함께 살아가고 있다.

문득 그녀는 오래전 그날이 떠올랐다. 처음 무림맹에 들어오려 하던 어린 시절.

자신이 무림맹에 들어온 이유도 이런 사람들을 지켜 주기 위해서였다. 그 근원에는 어머니가 있었다. 아버지가 떠난 빈자리를 지켜 주고 싶었다.

그것은 어머니가 돌아가셨을 때, 방황하지 않도록 길을 잡아준 생각이기도 했다. 만약 그 생각이 없었다면 무림맹에 들어오지도 않았을 것이고, 제갈명을 만나지도 못했을 것이다. 또 전호도, 그리고…….

설수린이 앞의 빈자리를 보고 있으니 왠지 마음이 쓸쓸해졌다. 그가 떠난 지 얼마나 됐다고, 벌써 한 몇 년은 못 본 것 같았다.

그때 그곳에 누군가 앉았다. 말도 없이 앉은 사람은 섬서의 이화운, 사호였다.

설수린은 순간 흠칫했지만 애써 미소를 지으며 말했다.

"오랜만이군요, 이 공자."

"여전히 아름다우시군요, 설 대주."

"감사해요."

당신은 여전히 비호감이네.

하지만 오히려 그녀는 섬서 이화운을 대하는 것이 어렵지 않았다. 그가 악인인 것이 명확한 이상, 철저하게 가면을 쓰고 대하면 그뿐이다. 사람 관계가 어려운 것은 상대를 잘 모를 때다.

"여긴 어쩐 일이시죠?"

"우연히 지나가다 설 대주를 보았소. 이게 다 인연이 있어서가 아니겠소?"

"그런가요?"

아직은 인연도 뭣도 아닌 관계지. 하지만 한 가지는 확실해. 당신과는 악연으로 끝나게 될 것임을.

"요즘 바쁘시겠어요?"

강호의 영웅까진 아니더라도 적어도 무림맹 내에서는 일대 영웅이 된 그였다. 무림맹의 젊은 무인들은 그와 악수라도 한번 해 보고 싶어 했다.

"헛된 명성이지요."

"이 공자 같은 분이 많으셔야 이 강호가 평화롭겠지요."

"하하하, 제 얼굴에 금칠을 해주시는군요."

사호가 설수린을 바라보았다.

'정말 아름답군.'

이화운과 한통속이라는 것을 알았지만 그래도 그녀를 보면 마음이 설레었다. 이런 감정은 정말이지 오랜만이었다. 그랬기에 그녀에 대한 미움도 컸다.

'고작 그런 놈에게 빠져서.'

다시 한 번 이화운을 죽이고 싶다는 생각이 들었다. 그의 감정이 격해지던 그 순간, 설수린의 마음에 하나의 장면이 떠올랐다.

사호가 사도명을 만나고 있는 장면이었다. 옷이 그대로인 것을 볼 때, 오늘 있었던 일 같았다.

그의 손에 들린 것은 제사를 지낼 때 사용하는 향이었다.

"이게 무엇입니까?"

"폭혈단이다."

"오! 폭혈단을 향으로 만들었군요."

"천무광이 거의 식음을 전폐하고 있다고 들었다. 그렇다면 아무래도 음식을 통해 중독시키기는 어렵지 않겠나?"

"그렇습니다."

"그리고 폭혈단에 한 가지 효능이 더해졌다."

"뭡니까?"

"아무리 주화입마에 빠졌다고 해도, 천무광은 천무광이지. 의식이 없다 하더라도 그의 몸은 자신을 보호하기 위해 폭혈단이 몸 안에 퍼지는 것을 막을 것이다."

"하면?"

"그가 평소처럼 독이라 여기고 운기조식을 한다면, 오히려 더 빨리 몸 안에 퍼지게 될 것이다. 삼호가 특별히 제작해서 보내온 것이다."

"과연 삼호의 일 처리는 확실하군요."

"언제 처리할 텐가?"

"시간 끌 필요 있겠습니까?"

오호가 싸늘한 눈빛을 발하며 말했다.

"오늘 밤에 처리하겠습니다."


다음 순간 장면이 사라졌다.

"무슨 생각을 그리하시오?"

설수린이 빤히 자신을 쳐다보자 사호는 내심 자신을 보는 것이라고 착각했다.

"아, 아니에요."

그녀가 황급히 고개를 숙였다. 마치 좋아하는 것을 들킨 것을 부끄러워하는 것처럼 보여서 사호는 자신도 모르게 미소를 지었다. 이화운과 한데 어울리고 있다는 것을 알았지만 그럼에도 정말 미워할 수 없는 여인이란 생각이 들었다.

'모든 일이 다 끝나면······.'

설수린과의 보랏빛 미래를 꿈꾸는 그였다. 대업을 이루면 논공행상이 벌어질 것이다. 거기에 여자 하나쯤 들어간다고······.

'안 될 것 없지.'

그녀는 확실히 정복욕과 소유욕을 자극했다.

설수린이 미소를 지으며 먼저 자리에서 일어났다.

"그럼 전 이만 가 볼게요."

"다음에 뵙겠소."

그녀가 다루를 걸어 나왔다. 자신의 몸을 훑어보는 사호의 시선이 느껴졌다. 하지만 지금은 그것에 신경 쓸 때가 아니었다.

맹주님이 위험해.

맹주가 주화입마에 빠지지 않았다는 것은 이화운에게 들어서 알고 있었다. 천무광도 제갈명도 전각주가 악인이란 것을 알고 있기에 어떤 대비가 되어 있을 것이다.

하지만 폭혈단, 그것도 위험하게 개조된 폭혈단에 대한 대비도 되어 있을까? 천무광의 무공이라면 충분히 대처할 수 있을지도 모른다. 하지만 만에 하나라도 그렇지 못하다면?

제갈명에게 달려가 알리려니 이 일을 어떻게 알았는지 설명하기가 곤란했다.

사람들이 오가는 저자의 한가운데 그녀가 잠시 발걸음을 멈췄다.

그 사람이라면 어떻게 했을까?

설수린이 눈을 지그시 감은 채 이화운을 떠올렸다. 그가 바로 옆에 있다고 생각했다. 환상 속의 그가 말한다.


─어떤 일에 판단이 서지 않을 때는, 지금 먼저 할 수 있는 일
부터 처리해. 걱정은 그다음에 하는 거다.


그래, 그라면 이렇게 말했을 것 같다.

설수린의 눈빛이 반짝였다. 자신이 지금 할 수 있는 일이 무엇인지 생각해 낸 것이다. 뻔뻔함과 배포가 함께 필요한 그 일을 하기 위해

그녀가 빠르게 발걸음을 옮겼다.

*　　　*　　　*

　사내들 다섯이 빙 둘러서 있었다.

　그들 사이에 있는 사람들은 중년의 여인과 어린 소녀였다. 그들을 호위하던 무인은 시체가 되어 쓰러져 있었다.

　어린 소녀는 여염집 규수였고, 여인은 그녀의 유모였다. 사내들이 소녀를 향해 뿌려대는 음탕한 눈빛에 중년 여인은 거의 반쯤 실성한 상태였다.

　"제발, 우리 아가씨만 보내주시면 제가 무슨 일이라도 다 하겠습니다. 제발 아가씨만 보내주세요."

　그녀의 애절한 부탁에 사내들이 킬킬거렸다. 그중 한 사내가 여인의 말을 흉내 내며 이죽거렸다.

　"제발, 돼지 같은 네년만 떠나주시면 제가 무슨 일이라도 다 하겠습니다. 제발 떠나 주세요."

　놈의 말에 나머지 네 사내가 소리 내어 웃었다. 다시 다른 놈이 검을 뽑아 들었다.

　"저 늙은 년도 죽이자고."

　그러자 옆의 사내가 나섰다.

　"그냥 놔둬. 그래야 재미있지?"

　"크크, 미친 새끼."

　사내들이 킬킬대며 웃었다.

그들의 대화를 듣고 있던 소녀가 중년 여인의 품으로 안겨들었다. 그녀의 몸이 덜덜 떨리고 있었다. 중년 여인이 악을 썼다.

"이놈들아! 천벌을 받을 것이다! 하늘이 무서운 줄 알아라!"

"크하하하. 늙은 년이 목청도 크네."

그때 다섯 사내 중 하나가 조심스럽게 말했다.

"나는 별로 안 내키는데. 너무 어리잖아?"

그러자 다른 사내가 비웃으며 말했다.

"그럼 넌 빠져."

"그러지."

사내가 정말 한 발 물러났다.

나머지 넷이 순서를 정하기 위해서 제비뽑기를 했다.

빠지겠다고 물러난 사내가 수풀 너머 길 쪽으로 고개를 돌렸다. 사내의 눈에 뭔가가 들어왔다.

"어?"

뭔가가 빠르게 날아가고 있었다. 그야말로 너무나 빨라서 눈으로 확인조차 힘든 속도였다.

"저것 봐."

사내의 말에 나머지 네 사내가 시선을 돌렸다. 그들도 놀란 눈을 반짝였다.

"새인가?"

"아닌 것 같은데?"

"그럼 뭐야, 저게?"

그때였다. 빠르게 날아가던 그것이 방향을 바꾸었다.

"이쪽으로 오는데?"

"어어?"

그러는 사이 엄청난 속도로 무엇인가 그들 앞에 내려섰다. 놀랍게도 그것은 바로 사람이었다.

"헉!"

모두들 깜짝 놀랐다. 사람이 이렇게 빠르게 움직일 수 있다는 사실이 눈으로 보고서도 믿기지 않았다.

그는 바로 이화운이었다.

장내를 한 번 휙 둘러본 이화운이 사내들을 쳐다보았다. 그들에게 느껴지는 사악한 기운들. 이화운은 한눈에 상황을 파악했다.

번쩍.

이화운의 신형이 움직이는 순간.

푹푹!

첫 번째 사내가 목과 심장에서 피를 뿜어내며 쓰러졌다.

"이 새끼가! 죽…….."

푹푹!

두 번째 사내가 채 말을 마치기도 전에 역시 목과 심장에서 피를 뿜으며 쓰러졌다. 눈 깜짝할 사이에 세 번째, 네 번째 사내도 피를 뿜으며 쓰러졌다.

마지막 사내가 머리를 싸매며 필사적으로 소리쳤다.

"전 아닙니다. 전 안 한다고 했어요!"

이화운이 차갑게 물었다.

"그래서 한 마디라도 그들을 말렸나?"

"……."

이화운의 검이 사내의 목과 심장을 갈랐다. 순식간에 다섯 사내를 모두 죽인 이화운은 중년 여인이 감사 인사를 전하기도 전에, 다시 몸을 날렸다.

쉬이이이익.

순식간에 두 사람의 시선에서 사라졌다.

어린 소녀를 꼭 껴안은 채 중년 여인은 눈만 껌벅였다. 마치 꿈을 꾼 것만 같았다.

"어떻게 된 일이죠? 저분은 누구죠?"

중년 여인은 이화운이 사라진 쪽을 보며 깊숙이 고개를 숙이며 말했다.

"아가씨를 위해 하늘이 보내 주신 분이에요."

그리고 이화운은 또 다른 여인을 위해 계속 달리고 있었다. 쾌속보는 한계를 넘어서고 있었다. 심장이 터질 것 같았지만, 그는 멈추지 않았다.

\* \* \*

알싸한 향이 코끝을 찌르는 순간, 천무광은 자신이 중독되었음을 느꼈다.

'독?'

내심 코웃음을 치며 천무광이 내력을 일으켰다. 우선 내력으로 독을 다스려보고, 안 되겠다 싶으면 제갈명이 주고 간 해독단을 복용할 생각이었다. 내공으로 독을 감싸던 바로 그 순간.

"엇!"

천무광은 뭔가 잘못되었음을 알아차렸다. 손가락 사이로 물이 새어 나가듯, 순식간에 온몸으로 폭혈단이 퍼져 나갔다.

좋지 못한 예감에 천무광이 빠르게 내력을 끌어올렸다.

바로 그 순간.

"큭!"

천무광이 외마디 비명을 내질렀다. 내상을 당한 상처가 도지며 기혈이 뒤얽힌 것이다. 그때를 틈타 폭혈단은 그의 온몸으로 완전히 퍼져 버렸다.

천무광은 사태의 심각성을 깨달았다.

'이건 일반적인 독이 아니다.'

평생 한 번도 경험해 보지 못한 종류의 것이었다. 그는 살면서 폭혈단에 중독될 일이 없었기 때문에 이것이 폭혈단임을 알지 못했다.

물론 향을 피운 사람은 오호인 전각주 사도명이었다.

뇌옥의 수하들은 보이지 않았다. 그가 수하들을 모두 내보낸 것이다. 한 시진만 천무광과 함께 있고 싶다는 이유였다.

아무것도 모르는 수하들은 충실히 명령에 따랐다. 천무광은 주화입마에서 벗어나지 못한다는 판정을 받았고, 이미 임시 맹주까지 선정된 상태였다. 자신을 전각주로 뽑아준 천무광과 함께 단둘이 있고 싶을 수도 있다고 생각했다.

오히려 걱정되는 것은 전각주의 안위였는데, 천무광은 내공이 제압당한 채 만년한철로 만들어진 뇌옥에 갇혀 있었다. 큰 문제는 없을 것으로 생각했다.

천천히 계단을 걸어 내려가는 사도명의 표정에는 수하들은 절대 본 적 없는 비열하고 싸늘한 기운이 가득했다. 이곳에 들어오기 직전, 제갈명이 뇌옥을 감시하기 위해 보낸 감시자들은 모두 제거했다. 그들은 은신술에 대성을 이룬 자들이었지만, 자신은 한 수 위의 실력을 가지고 있었고, 더구나 환술의 대가였다. 절대 자신의 눈을 피할 수는 없었다.

그들의 죽음이 알려져 제갈명이나 신충이 이곳에 왔을 때는 이미 모든 일이 끝나 있을 것이다.

"크크크. 천무광, 드디어 끝장이로구나."

물론 자신과 단둘이 있다가 천무광이 죽게 된다면 그 죽음에 대해 의심을 받게 될 것이다. 하지만 어차피 상관없었다. 천무광은 언제 발작을 일으켜 죽어도 전혀 이상하지 않을 상태였고, 천무광이 죽고 난 후의 무림맹은 자신들의 것이 될 테니까. 권력을 가지는 순간, 그런 의심 따위는 순식간에 없앨 수 있으니까.

그는 천천히 복도를 걸어 천무광이 갇혀 있는 뇌옥의 방 앞에 멈춰 섰다.

천무광의 두 눈에서 검붉은 광채가 흘러나오고 있었다. 폭혈단이 제대로 먹혔다는 증거였다. 이제 반 시진만 지나면 온몸의 혈맥이 터져 죽게 될 것이다.

사도명이 차갑게 웃었다.

"후후후후."

천무광을 가둔 쇠창살은 만년한철로 만들어져 있었다. 천무광이 아무리 발작해서 날뛰더라도 그것을 부수고 나올 수는 없었다. 더구나 지금은 내공까지 제압당한 상태였다.

"아쉽군. 모든 강호인이 보는 앞에서 뒈졌어야 하는데."

"크으으윽."

천무광이 고통에 찬 비명을 내뱉었다. 폭혈단에 당한 것은 사실이지만, 힘들어 하는 것은 연기였다. 그에게 알아내고 싶은 것이 있었다.

"그래도 혼자 비참하게 죽는 것보단 낫겠지? 이렇게 죽음을 지켜봐 주는 사람도 있고."

사도명의 이죽거림을 들으며 천무광은 애써 살심을 억눌렀다.

'알아낼 것을 알아내면 내 손으로 직접 없애주마.'

잠시 후 천무광의 눈빛이 바뀌었다. 흐릿하던 눈빛에 정기가 깃들며 평소의 눈빛이 된 것이다.

그 모습에 사도명이 흠칫 놀랐지만 이내 그것이 폭혈단으로 인한 회광반조(廻光反照) 현상이라 오해했다. 회광반조는 죽기 직전 잠시 맑은 정신이 돌아오는 현상을 의미했다. 천무광이 의도한 바였다.

"배후에 누가 있나?"

길게 시간을 끌 여유가 없었기에 천무광은 단도직입적으로 물었다.

"당신이 상상조차 못한 사람이 있지."

"그게 누구냐?"

"알고 싶소?"

천무광이 쇠창살 앞에 바짝 다가섰다. 하지만 사도명은 사악하게 웃으며 말했다.

"알려 주지 않겠다. 누구에게 당했는지도 모르고 죽는다면 더 억울하겠지."

천무광이 무섭게 사도명을 노려보았다. 겁을 내기는커녕 사도명은 히죽 웃었다. 천무광은 그가 결코 입을 열지 않을 것임을 느꼈다. 그런 자들이 있다. 어떤 고문을 가해도 입을 열지 않는 독종들. 바로 눈앞의 사도명도 그런 부류임을 알 수 있었다. 그렇지 않았다면 전각주자리까지 파고들지 못했을 것이다.

그러니 더 시간을 끌 이유는 없었다.

스르르릉.

두 사람 사이를 막고 있던 만년한철의 문이 조용히 열렸다. 제갈명은 언제라도 천무광이 문을 열 수 있도록 그 설계를 바꿔 두었던 것이다.

사도명이 깜짝 놀랐다. 여전히 천무광의 두 눈은 검붉은 기운을 뿜어내고 있었지만, 눈빛이 달랐다. 사도명은 회광반조가 아니었음을 깨달았다. 애초에 주화입마에 빠지지 않았음을 알아차렸다.

"날 속였구나!"

두 사람이 동시에 움직였다. 하지만 그것은 때늦은 깨달음이었다.

쇄애애애액!

퍽!

세찬 바람소리와 장내를 울리는 타격음.

사도명이 뒤쪽 벽에 기대서 있었다. 그의 가슴에 천무광의 손바닥이 닿아 있었다.

"쿨럭."

사도명의 기침에 시뻘건 피가 튀어나왔다. 천무광의 일장에 사도명의 늑골이 완전히 부서진 것이다. 아무리 내상을 입었다고는 하지만 천무광의 무공은 천하제일을 다투는 무공이었다.

"내가 직접 알아보겠다."

스르르륵.

두 눈에 생기를 잃은 사도명의 신형이 그대로 바닥에 꼬꾸라졌다.

"쿠엑."

천무광이 피를 토했다. 내상에, 폭혈단까지 엉망인 몸으로 무리하게 몸을 움직인 것이다. 반 각 안에 해약을 먹지 않으면 자신이라 할지라도 죽게 될 것이다.

천무광이 비틀거리며 복도를 걸어갔다.

바로 그때.

스스스스스.

천무광의 뒤를 따르던 그림자가 불쑥 솟아올랐다. 천무광이 등 뒤의 불길한 기운에 놀라 돌아섰을 때는 이미 시커먼 그림자가 그의 등 뒤에 달라붙은 후였다. 마치 살아 있는 생명체처럼 그림자가 천무광의 목을 휘감았다.

"끄으으윽."

그림자는 바로 사도명이 죽기 전에 날린 환술이었다.

사영술(死影術).

죽음에 임했을 때, 동귀어진(同歸於盡)을 위한 비장의 한 수였다. 동귀어진은 상대와 함께 죽는 한 수를 말했다.

"끄으으윽."

천무광이 발버둥 치며 아무리 그것을 떨쳐내려 해도 소용이 없었다.

바로 그때였다.

"맹주님!"

누군가 그곳으로 뛰어들어 왔다. 그녀는 바로 설수린이었다. 뇌옥을 지키던 이들이 모두 빠졌기에 그녀는 어렵지 않게 이곳에 들어올 수 있었다.

쉭! 쉭!

그녀가 천무광의 등 뒤에 붙은 그림자를 연속해서 베었지만 아무 소용이 없었다. 그림자는 그냥 그림자일 뿐이었다.

"끄으으윽."

시커먼 그림자는 계속 목을 졸랐고 맹주의 얼굴은 하얗게 질렸다. 그야말로 촌각을 다투는 위급한 상황이었다.

설수린, 침착해. 침착해.

그녀는 다시 이화운을 떠올렸다.

그 사람이라면? 그 사람은 어떻게 했을까?

그녀의 무의식이 만들어낸 상상 속의 이화운이 그녀를 보며 차분히 말한다.

—하나만 보지 말고, 넓게 봐.

환영이 사라졌다.

천무광이 바닥에 쓰러졌다. 이제 곧 숨이 끊어질 것만 같았다.

급박한 순간이었지만 그녀는 천천히 주위를 둘러보았다. 순간, 그녀의 두 눈이 빛났다.

그녀가 쓰러져 있던 사도명의 시체로 뛰어갔다.

심호흡을 한 번 한 후, 그녀가 사정없이 검을 내리꽂았다. 그녀의 검이 사도명의 심장에 정확히 박혔다.

"큭!"

사도명의 입에서 외마디 비명이 흘러나왔다. 시체가 비명을 지를 수는 없을 테니, 그는 미약하게 숨을 쉬며 살아 있었던 것이다.

그녀가 다시 맹주를 쳐다보았다.

스스스스스.

천무광에게 붙어 있던 그림자가 서서히 사라지기 시작했다. 사영술은 시전자가 살아 있을 때 가능한 환술이었던 것이다. 하얗게 질렸던 천무광의 얼굴에 서서히 화색이 돌기 시작했다.

"후우."

긴 한숨을 내쉰 그녀가 천무광에게 달려갔다.

"맹주님."

"……자네는?"

겨우 정신을 차린 천무광이 그녀를 알아보았다.

"우선 이것부터 드세요. 폭혈단의 해약이에요."

그녀가 해약을 내밀었다. 뻔뻔함과 배포가 필요했던 일은, 바로 예전에 이화운과 함께 갔던 신비상회를 찾아가 해약을 사는 것이었다. 과연 없는 물건이 없다는 그곳답게 폭혈단의 해약도 있었다.

뻔뻔함이 필요했던 이유는 그것을 외상으로 사야 했기 때문이었다.

다행히 회주는 이화운과 함께 왔던 자신을 알아보았고, 흔쾌히 그것을 외상으로 내주었다.

"고맙네."

맹주가 그것을 받기 위해 손을 내밀던 바로 그 순간!

무엇인가 설수린을 향해 빠르게 날아들었다.

설수린이 몸을 비틀어 피했지만, 어깨를 얻어맞고 말았다.

퍽!

설수린이 주르륵 뒤로 밀리며 쓰러졌다. 손에서 튕겨 나간 해약이 바닥을 굴렀다.

등장한 사람은 놀랍게도 섬서의 이화운이었다. 설수린의 표정이 굳어졌다. 설마 이곳에 그가 등장할 줄은 생각지 못했다. 장면 속에서 그는 사도명에게 죽이란 명령만 내렸으니까.

그녀의 표정에서 사호는 한 가지 사실을 추측해 냈다.

"이미 알고 있었군. 내 정체를."

설수린은 아무 대답도 하지 않았다. 지금 문제는 그것이 들켰느냐가 아니었다. 폭혈단의 해약이 바닥에 떨어진 것이다.

사호가 허리를 숙여 바닥에 떨어진 해약을 주워들었다. 그것을 살피던 사호의 눈빛이 예리해졌다.

"정말 폭혈단의 해약이군. 어떻게 우리가 폭혈단을 사용할 줄 알았지?"

사호는 이해가 되지 않았다. 폭혈단의 사용은 자신과 오호만이 알고 있는 사실이었다. 삼호에서 자신에게 직접 내려온 명령, 다시 오호에게. 설령 그 과정에서 비밀이 샜다 하더라도 어떻게 이렇게 빨리 해

약을 준비할 수 있었는지 알 수 없었다.

"저야 그럴 능력이 있나요? 위에서 시키는 대로 할 뿐이죠."

일단 그녀는 잡아뗐다. 일이 이렇게 된 이상 자신을 살려 줄 가능성은 없었다. 그렇다면 기회를 잡아야 했다. 상대를 방심시킨 후, 일격에 죽일 기회를.

"이게 다 무슨 일이죠?"

그녀의 물음에 사호가 조소했다. 설수린이 모르는 척 연기를 한다는 것을 알았음에도 왠지 그녀를 믿어주고 싶었다.

"정말이지 아깝군."

이 정도로 자신의 마음을 뒤흔든 여인인데. 그래서 그는 이 상황에 화가 났다.

그사이 천무광의 상태는 더욱 나빠졌다. 쓰러져 있던 그가 힘겹게 몸을 일으켰다. 두 눈에서 흘러나오는 검붉은 기운은 극에 다다랐고, 그의 입에서는 신음이 흘러나오고 있었다.

시간이 없음을 느낀 설수린이 사호에게 다가갔다. 그녀는 목숨을 건 모험을 하고 있었다.

"그거 이리 주세요."

사호의 입가에 싸늘한 조소가 지어졌다.

하지만 설수린은 손을 내밀며 당당히 말했다.

"주지 않을 거면 날 죽이시든지요."

第九章

위기일발

天下第一

天下第一

정말이지 이번 일이 천무광을 죽이는 일만 아니었다면 사호는 그녀의 부탁을 들어줬을지도 모른다는 생각이 들었다. 하지만 이번 일은 그 어떤 임무보다도 중요한 일이었다. 절대 사감이 개입되어서는 안 될 사안이었다.

"아쉽군."

사호의 손이 자신의 검 손잡이로 향했다. 그의 마음이 가장 심란한 바로 그 순간, 천무광이 움직였다. 시체처럼 앉아 있던 그가 빛처럼 빠르게 날아갔다. 그 기습에 천무광은 자신의 모든 것을 걸었다.

쇄애애애액!

맞으면 사호라도 즉사할 정도의 위력을 지닌 엄청난 장력이었다. 하지만 마지막 순간 천무광의 기혈이 얽혔다. 그 찰나의 삐끗 때문에 사호는 아슬아슬하게 그 공격을 피했다. 빗나간 천무광의 장력이 뒤쪽 벽을 박살냈다.

쉬이이익!

이번에는 사호의 검이 천무광을 향해 날아갔다. 무리한 공격에 기혈까지 얽혔기에 천무광은 그 공격을 피할 수 없었다.

위기의 순간, 설수린의 검이 사호를 향해 날아들었다. 그녀의 한 수는 이것이었다. 천무광을 죽이면 너도 죽는다. 아니, 적어도 팔 하나는 날아간다.

쉬이이이익!

그녀의 공격은 사호의 예상보다 훨씬 빨랐다.

천무광을 공격하던 사호가 설수린 쪽으로 몸을 틀었다.

창!

그의 검이 설수린의 검을 튕겨냈다. 덕분에 천무광은 위기를 모면할 수 있었다.

손목이 끊어질 듯 아팠지만 설수린은 검을 놓치지 않았다.

"맹주님!"

설수린의 부름에도 맹주는 대답조차 하지 못했다. 천무광이 제자리에 주저앉았다. 폭혈단이 금방이라도 터질 듯, 그의 두 눈은 검붉은 기운으로 이글거렸다.

사호가 화난 얼굴로 말했다.

"지금 남 걱정할 때가 아닐 텐데?"

"해약을 내놔!"

해약은 여전히 사호의 손에 들려 있었다. 조금 전의 그 급박한 상황에서도 그것을 놓치지 않았다는 것으로 그의 무공이 얼마나 대단한지 알 수 있었다.

"능력이 되면 뺏어가 보시든지."

사호가 품속에 해약을 넣었다.

설수린은 심호흡을 했다. 아무리 잘 싸워도 그를 이길 수 없다는 것을 잘 알았다. 아마도 이 싸움이 인생의 마지막 싸움이 될 것이다.

하지만 이상하게도 두렵거나 떨리지 않았다. 실력 차이가 너무 나서 포기한 것이 아니었다. 오히려 반대였다. 그냥 덧없이 죽고 싶지 않았다. 어떻게 해서든지 해약을 빼앗아 맹주를 구하고 싶었다.

그녀가 힐끔 천무광을 쳐다보았다. 그는 벽에 기댄 채 숨을 헐떡이고 있는데 상태가 좋아 보이지 않았다. 지금까지 버티고 있는 것도 천무광이었기에 가능했다.

"······나를 두고 달아나게."

"그랬으면 애초에 안 왔겠죠."

그녀가 사호에게 검을 겨눴다. 이제 남은 것은 자신이 죽으면 맹주도 죽는다는 마음으로 최선을 다하는 것뿐이었다.

쉭쉭쉭쉭!

사호는 가볍게 그녀의 검을 피했다. 그녀의 검은 빠르고 정확했지만, 원체 실력 차이가 크게 났다.

"제법이군."

쉭쉭쉭쉭쉭!

대답할 생각도, 여유도 없었다. 그녀는 오직 싸움에만 집중했다.

쇄애애액!

사호의 빠른 반격에 그녀는 필사적으로 몸을 비틀었다. 사호의 검이 그녀의 어깨를 스쳤다. 피가 튀었지만, 상처를 돌볼 여유는 없었다.

창창창!

그녀는 그 뒤를 이어 날아든 세 번의 공격 역시 막아냈다. 원래라면 검을 놓쳤을 공격이었다. 그만큼 강력한 공격이었으니까. 하지만 그녀는 아픔조차 느끼지 못했다.

그녀는 집중하고 또 집중했다. 이화운이 그러했듯이, 그녀 역시 무아지경에 빠져들었던 것이다. 그 역시 쉽게 경험할 수 없는 일이었다.

다시 다섯 수가 지났을 때, 그녀의 백사검법은 팔성에 이르렀다. 찰랑찰랑 거리던 물이 드디어 넘쳐흐른 것이다. 물론 그 사실을 그녀는 인식하지 못하고 있었다. 그녀는 맹주를 구해야 한다는 사실도, 이곳이 지하 뇌옥이란 것도, 상대가 섬서의 이화운이란 것도 모두 잊었다.

그녀는 오직 자신만의 세상에 빠져 싸움에 임하고 있었다.

쉬이이익!

그녀의 검이 사호의 목을 스치고 지나갔다. 아주 잠깐 방심하던 차에 큰일 날 뻔한 것이다. 사호의 검이 신경질적으로 변했다.

날아드는 그의 검을 필사적으로 막아보려 했지만 애초에 실력 차가 너무 났다.

핏! 피잇!

그녀의 어깨와 허벅지에서 피가 튀었다.

챙!

그녀의 손아귀가 찢어지면서 검을 놓쳤다.

그 순간 그녀는 무아지경에서 깨어났다. 잠시 멍한 그녀에게 사호의 발길질이 날아들었다.

퍽!

그녀가 허공을 붕 날아서 구석에 처박혔다.

내부의 장기가 진탕했다. 피가 오르는 것을 억지로 삼켰다. 입 안에서 느껴지는 비릿한 피 냄새에 그녀는 최후를 예감했다.

평소 생각하던 푸른 하늘 아래에서 맞이하는 죽음이 아니라 아쉽다는 생각이 들었다. 언제나 최후를 생각해 온 그녀였다. 드디어 그날이 온 것이다. 푸른 하늘을 보며 죽을 순 없어도. 그래도 적어도 헛된 죽음은 아니었다. 맹주를 구하기 위해 애쓰다 죽는 것이니까.

사호가 천천히 걸어왔다. 쓰러진 그녀의 기다란 다리에 그의 시선이 향했다. 피가 흘러내리는 그녀의 매끈한 허벅지를 보자 불쑥 그녀를 가지고 싶다는 욕망이 치밀었다.

설수린이 주먹에 힘을 주었다.

그래, 음심에 눈이 뒤집어져라. 그래서 내게 한 번만 기회를 더 줘.

하지만 아쉽게도 사호는 그렇게까지 색마는 아니었다.

"아쉽지만 끝을 봐야지."

어서 이곳을 빠져나가야 했다. 전각 무인들이 다시 돌아올 시간이 다가오고 있었다.

사호가 천무광에게 다가갔다. 그가 주화입마에 미쳐 날뛰다가 전각주와 양패구상한 것으로 꾸미려는 것이다.

푸욱!

천무광이 몸을 비틀었고 심장을 찌르려던 검은 그의 어깨를 찔렀다.

"아직도 버러지처럼 꿈틀대며 살고 싶단 말이지?"

그가 다시 검을 들었을 때, 설수린이 나직이 말했다.

"버러지는 너야."

사호가 홱 고개를 돌렸다. 설수린이 비웃으며 말했다.

"아냐? 뒤통수치려고 숨어 있다가, 폭혈단 같은 추잡스러운 약이나 쓰는 놈들. 그게 버러지잖아?"

성큼성큼 걸어온 사호가 그녀에게 얼굴을 바짝 가져다 댔다. 그의 눈에서 섬뜩한 살기가 흘러나왔다.

"이년이! 지금까지 봐줬더니."

설수린은 그의 눈빛을 피하지 않았다.

"누가 봐주래? 네가 꼴려서 못 죽인 거지."

정곡을 찔린 사호의 얼굴이 확 달아올랐다.

그녀는 일부러 그를 도발하고 있었다. 수하된 입장에서 먼저 죽는 것이 낫다는 생각 때문이었다. 설수린이 천무광에게 마지막 전음을 보냈다.

『지켜드리지 못해 죄송합니다, 맹주님.』

심각한 상황일수록 놓치지 않는, 한마디 농담도 잊지 않았다.

『과연 한 이불 쓰는 사이라 그런지 한날한시에 죽게 되는군요.』

천무광도 그녀와의 소문에 대해 들어본 적이 있었다. 껄껄 웃어줘야 하는데, 웃음이 나오지 않았다. 두 눈에서 흘러나오는 검붉은 기운에 미안함과 안타까움이 더해졌다.

사호의 검이 서서히 설수린의 가슴을 향했다.

푹!

검이 설수린의 배에 박혔다. 사호는 이 순간을 즐기듯 천천히 검을 밀어 넣고 있었다.

그러자 설수린이 맨손으로 검을 쥐고는 배에 박힌 검을 빼내서 자신의 심장 쪽으로 가져갔다. 검에 베인 손가락에서 피가 흘러내렸다.

"끝까지 버러지 짓 하지 말고. 여기야, 여기."

푹.

검이 가슴에 살짝 박히는 그 순간.

징—

사호의 검이 진동했다.

사호가 흠칫 놀라 검을 내려다보았다. 자신의 검이 울었다고 생각했는데 검이 운 것이 아니었다. 검을 잡은 그녀의 손이 진동한 것이다.

자신의 손가락을 바라보는 그녀의 눈동자가 떨렸다.

"원앙환이 울고 있어."

울고 있는 것은 반지였다. 그리고 그 울림은 더욱 커지고 있었다.

지이잉—

설수린의 표정이 점점 밝아졌다. 반지의 울림이 극에 이르렀다가 이내 조용해졌다.

반지를 쳐다보던 설수린이 고개를 들어 사호를 쳐다보았다.

"마음이 바뀌었어. 조금만 있다 죽여줄래?"

그녀가 가슴에 박힌 검을 빼내려 하자 사호가 싸늘히 말했다.

"미친년!"

사호가 검에 힘을 주었다. 그녀의 가슴이 꿰뚫리려는 바로 그 순간.

꽈아앙!

엄청난 폭음과 함께 돌풍이 휘몰아쳤다.

순간 눈을 감았던 설수린이 눈을 떴다. 그녀의 눈동자가 파르르 떨렸다. 사호가 서 있던 그 자리에 이화운이 서 있었다. 천장에 커다란 구멍이 있었다. 얼마나 마음이 급했으면, 이화운은 지하뇌옥으로 오면서 바닥을 부수고 날아온 것이다. 물론 원앙환이 정확한 위치로 이끌어 주었기에 가능했다.

설수린이 떨리는 목소리로 물었다.

"왔어요?"

이화운은 대답 대신 그녀의 상처부터 살폈다. 그리고 배와 가슴에 혈도를 눌러 상처를 지혈했다. 단 한 순간만 늦었어도 그녀는 죽었을 것이다. 이화운은 한편으로 안도했고 다른 한편으론 분노했다.

"이젠 내게 맡겨."

사호는 이화운의 일격에 한구석에 처박혔다가 다시 일어나고 있었다.

"저자가 폭혈단의 해약을 가지고 있어요. 맹주님께 복용시켜야 해요."

이화운이 알겠다며 고개를 한 번 끄덕였다.

설수린은 그에게서 뭔가 다른 느낌을 받았다.

이 사람, 뭔가 달라졌어.

원래도 맑은 눈빛이 더욱 맑아져 있었다.

이화운이 사호에게로 돌아섰다. 사호의 두 눈에서 엄청난 살기가 쏟아져 나왔다.

"이 새끼가!"

그렇잖아도 이화운을 싫어하던 그였다. 그런데 기습을 당해 일격을 얻어맞았으니, 화가 머리끝까지 치민 것이다.

두 사람이 동시에 몸을 날렸다.

파파파파팍!

검이 아니라 주먹이 오고 갔다. 너무나 빨라 설수린은 두 사람의 공수를 알아보지 못했다. 순식간에 이십여 수를 나눈 후 두 사람이 서로 떨어졌다.

사호가 피식 웃으며 말했다.

"별것 아니군."

하지만 이내 그의 표정이 확 굳었다. 이화운의 손에 들린 것을 본 것이다. 그것은 바로 자신의 품에 들어 있던 폭혈단의 해약이었다.

"대체 언제?"

사호의 등줄기가 서늘해졌다. 차라리 일장을 얻어맞은 것이 더 나은 상황이었다. 자신이 알아차리지 못했다는 사실에 더욱 섬뜩했다.

그가 멍하게 서 있는 사이 이화운이 그것을 설수린에게 던졌다. 그리고 그녀가 재빨리 천무광에게 해약을 복용시켰다.

사실 지금 이 순간 천무광의 혈맥은 터지기 일보직전이었다. 정말이지 아슬아슬한 순간에 그를 구해낸 것이다.

해약을 복용하자 천무광의 숨소리가 편안해졌다. 그녀가 안도의 한숨을 내쉬었다.

"고맙네."

"살아주셔서 제가 더 감사합니다."

그것이 그녀의 진심이었다. 천무광의 눈빛에 깊은 신뢰와 고마움이 깃들었다.

"내상부터 다스리시죠."

"알겠네."

천무광이 운기조식을 시작했다. 부상에도 설수린은 그 앞을 지켰다.

두 사람을 지켜보던 사호의 시선이 이화운에게로 향했다. 그리고 그 눈빛만큼이나 차가운 어조로 말했다.

"난 처음부터 네가 마음에 들지 않았지."

이화운은 아무 대꾸도 하지 않았다.

"왜 아무 말도 하지 않지?"

사호의 신경질적인 물음에 그제야 이화운이 대답했다.

"곧 죽일 사람을 모욕할 필요는 없겠지?"

잠시 황당하다는 표정을 짓던 사호의 표정이 일그러졌다.

"건방진 놈! 죽어!"

사호가 검을 내지르며 허공을 갈랐다. 그의 검은 빠르고 정확했다.

이화운은 검을 뽑지 않았다. 날아든 검을 살짝 피하며 사호의 팔을 휘감았다.

"미친!"

사호 역시 보통 실력은 아니었다. 사호가 빠르게 팔을 빼냈다. 워낙 빠른 반응이었기에 그의 팔을 휘감는 것에 실패했다.

다음 순간 이화운이 그를 덮치듯 달려들었다. 이화운은 그의 품으로 파고들며 허리를 감싸 안았다.

"이런 미친!"

사호가 팔꿈치로 이화운의 등을 찍으려는 순간, 한발 먼저 이화운이 사호의 허벅지를 잡아당기며 뒤로 밀어붙였다.

콰당!

두 사람이 바닥을 나뒹굴었다. 마치 동네 파락호 싸움 같았다.

벌떡 일어난 사호가 검을 내질렀다. 하지만 이화운이 그보다 한발 먼저 뒤로 몸을 날렸다.

"이게 무슨 짓이……."

사호가 말을 잇지 못했다.

"끙!"

무릎에서 끊어질 듯한 고통이 밀려온 것이다. 사호는 너무 아파 그 자리에서 주저앉을 뻔했다.

허벅지를 잡아당기기 전, 이화운의 손이 그의 무릎을 스쳤는데 그때 뼈가 부러진 것이다. 애초에 그것이 목적인 공격이었다.

인상을 굳히며 사호가 말했다.

"대체 이게 무슨 무공이냐?"

처음으로 세상에 선보인 황룡신공이었다. 물론 황룡신공은 전혀 새로운 무공이 아니었다. 사신공을 바탕으로 한, 한 단계 더 발전한 무공이었다.

만약 예전의 사신공이었다면, 기회를 한 번 더 노려 두 번째 공격에서 상대의 팔을 휘감아 부러뜨리려 했을 것이다. 반복되는 공격이지만 그것이 가장 효과적이었으니까. 하지만 이제는 공격이 유연해졌고, 최상의 효과를 내는 범위가 극한으로 확대되었다. 예전에 약점이 하나가 보였다면 이제는 네 개가 보이는 것이다.

"개자식! 운이 좋았을 뿐이다!"

사호가 검을 내지르며 다시 몸을 날렸다. 다리가 부러진 것쯤은 참아낼 수 있었다. 하지만 그는 이화운에게 당한 것을 인정할 수 없었다. 자신보다 하수라고 여기고 있었고, 더구나 이번 공격은 한 번도 경험하지 못한 공격이었다.

두 사람이 허공에서 스쳤다.

사호의 공격은 바람소리를 내는 것에 그쳤지만, 이화운은 달랐다.

꽈득.

사호가 허리를 부여잡으며 휘청거렸다. 이번에는 앞서보다 타격이 더욱 컸다. 사호의 검을 피하며 이화운의 손바닥이 가볍게 그의 허리를 가격한 것이다. 그 결과 그의 골반이 바스러졌다.

비로소 사호는 이화운이 자신보다 훨씬 고수란 사실을 깨달았다.

사호의 이글거리는 시선이 설수린과 천무광을 향했다.

'그래, 저것들이라도 죽이고 죽자!'

적어도 임무는 완수하게 될 것이고, 설수린을 죽임으로써 이화운을 괴롭게 만들 수 있을 것이다.

그의 살기를 읽어낸 이화운이 차분히 말했다.

"그러지 않는 것이 좋아."

사호가 버럭 소리쳤다.

"지랄!"

사호의 검에서 설수린을 향해 검강이 발출되려던 바로 그 순간.

번쩍!

푸우우욱!

지켜보던 설수린이 두 눈을 부릅떴다. 그녀는 똑똑히 보았다. 이화운은 정말이지 빛보다 빠르게 날아왔다. 번쩍하는 순간, 마치 공간을 이동한 듯 날아온 이화운이 검으로 사호의 등을 찔렀다. 이전보다 훨씬 더 빨라진 이화운의 검술이었다.

뿜어져 나가려던 검강이 다시 검 안으로 사라졌다.

사호가 자신의 가슴에 튀어나온 검을 내려다보았다. 뚝뚝 떨어지는 시뻘건 피는 분명 자신의 피였다.

그 순간 사호는 정신이 퍼뜩 들었다. 마치 악몽에서 막 깨어난 것 같은 기분이었다.

평소답지 않게 평정심을 잃고 있었다. 싸우면서 이렇게 잡설이 많은 적은 처음이었으니까.

그리고 그는 그 원인을 알 수 있었다. 자신이 왜 평정심을 잃었는지.

그의 시선이 천무광과 나란히 앉아 있는 설수린을 향했다. 그녀 때문이었다.

'빌어먹을!'

저 아름다움에 빠져 허우적대는 통에 냉철한 판단력을 잃었다. 죽는 순간이 되어서야 그것을 깨달은 것이다.

사호가 힘겹게 뒤를 돌아보았다. 이화운은 냉정하리만치 담담한 표정을 짓고 서 있었다.

"날 죽인다고…… 너희가 이 싸움에서 이길 수 있을까?"

이화운은 대답 대신 검을 뽑았다.

검이 뽑히자 사호는 가슴에서 피 분수를 뿜어내며 그대로 꼬꾸라졌다. 바닥에 쓰러지는 순간 그의 숨이 끊어졌다. 사호와 오호가 한 장소에서 죽은 것이다.

이화운이 설수린에게 걸어갔다. 설수린이 자리에서 일어나 절뚝거리며 마주 걸어 나왔다. 그녀가 그대로 달려가 이화운에게 안겼다. 눈물이 나려는 것을 억지로 참았다.

그리고 다음 순간 부끄러움이 밀려들었다. 감정이 격해져서 자신도 모르게 달려와 안긴 것이다. 그녀가 이화운의 품에서 벗어나던 그 순간, 이화운이 그녀를 잡아당겼다. 그리고는 와락 그녀를 끌어안았다.

징—

그 순간 두 사람의 원앙환이 동시에 울었다.

자신을 꽉 껴안는 이화운의 손길을 느끼는 순간 설수린의 눈에서 눈물이 주르륵 흘러내렸다. 하고 싶은 말이 너무나 많았지만, 아무 생각도 나지 않았다.

두 사람은 서로를 포옹한 채 아무 말도 하지 않았다. 침묵이 흐르는 그곳에는 오직 두 사람의 감정을 대신한 원앙환만이 쉬지 않고 울고 있었다.

\*        \*        \*

다음 날 설수린이 눈을 떴을 때 해가 중천에 떠 있었다. 이렇게 푹 잔 것도 정말이지 오랜만이었다. 초저녁부터 지금까지 한 번도 깨지 않았던 것이다.

그녀는 잠시 침상에 누운 채 창밖으로 보이는 푸른 하늘을 쳐다보았다.

어제 일이 꿈만 같았다. 이화운의 가슴은 넓고 단단했다. 그리고 그 품은 너무나 따스했다. 자신을 꼭 안아주던 그의 손길이 아직도 생생히 느껴졌다.

또 그가 날 구했어.

결정적인 순간에 이화운이 도착하지 않았더라면, 자신은 이미 죽은 목숨이었다. 물론 맹주도. 그는 자신은 말할 것도 없고, 맹주도 벌써 두 번이나 구했다. 물론 그 첫 번째는 변장을 했기에 그가 구한 것임을 맹주는 모르겠지만.

그때 옆에서 들려오는 낯익은 목소리.

"깼어요?"

전호의 목소리에 설수린이 하품을 하며 말했다.

"쉬 마렵다."

"헐."

또다시 들려오는 한 마디.

"몸은 괜찮아?"

그 순간 설수린의 얼굴이 벌겋게 달아올랐다. 괜찮냐고 물은 사람은 바로 이화운이었던 것이다.

헉, 둘 다 이 방에 있었잖아? 아니, 이것들이 숙녀의 방에서……는 아니지. 여긴 저 사람 방이니까.

그녀가 벽을 보며 돌아누웠다. 그리고 코 고는 소리를 내며 자는 척했다.

전호가 그녀 옆에 와서 한숨을 내쉬었다.

"그만 일어나요."

설수린이 중얼거리며 말했다.

"……맹주님! 제가 구해드리겠습니다."

"태어나 제가 본 최악의 잠꼬대 연기군요."

"……."

"일어나요. 여자들 오줌 참으면 안 좋대요."

설수린이 벌떡 몸을 일으켰다. 그녀는 이화운이 있는 쪽은 쳐다보지도 않은 채 강시처럼 멍한 얼굴로 방을 나갔다.

전호가 이화운을 보며 히죽 웃었다.

"귀엽죠?"

"귀엽군."

그 말에 전호가 눈을 동그랗게 떴다.

"이 공자도 많이 변했어요."

"내가 뭘?"

"전에는 귀엽다, 그런 말 안 했잖아요?"

"내가 그랬나?"

이화운의 대답에 전호가 어이없다는 표정을 지었다. 이내 그가 웃으며 말했다.

"하긴 변하는 게 사람이죠. 변하는 게 인생이고. 변하는 게 사랑이

고."

이화운은 가만히 전호를 응시했다. 그가 설수린을 좋아한다는 것은 진작 알고 있었다. 눈치 백 단 전호는 대번에 이화운의 눈빛에 담긴 마음을 읽었다.

전호가 희미하게 웃으며 말했다.

"예전에 저 대주님 좋아했었습니다. 정말 좋아했죠."

"그런데?"

"차였죠."

"저 여자 남자 보는 눈이 형편없군."

"하하하하."

기분 좋게 웃고 난 전호가 어깨를 으쓱하며 말했다.

"저도 그런 줄 알았는데, 이제 보니 남자 보는 눈이 끝내주게 좋은 것 같은데요?"

이번에는 이화운이 피식 웃었다.

전호는 느낄 수 있었다. 이제 두 사람은 진심으로 서로를 좋아한다는 것을. 이화운이 설수린을 좋아하는 것도 느낄 수 있었으니까.

'그쪽도 여자 보는 눈 끝내주네요.'

전호는 진심으로 두 사람을 축하해 주었다.

'부디 좋은 결실을 보시길.'

그때 설수린이 방 안으로 들어왔다. 세안까지 다 마치고 온 그녀는 조금 전 그 일은 없었던 것처럼 행동했다.

"아, 상쾌하다. 언제 왔어요?"

괜히 부끄럽고 무안했기에 그녀는 전호를 보며 화제를 돌렸다.

"오늘은 우리 나가서 맛있는 것 먹자. 내가 쏜다."

그러자 전호가 웃으며 말했다.

"좋죠. 그런데 안 아파요?"

"응? 뭐가?"

"피나는데요."

그제야 그녀가 자신의 허벅지를 내려다보았다. 바지에 피가 흥건히 배어 있었다. 조금 전에 너무 급하게 침상에서 내려와 나가는 바람에 상처가 벌어진 것이다.

"아아아!"

그녀가 자리에 주저앉아 엄살을 부렸다.

"아야! 나 죽어! 아파!"

전호가 웃으며 그녀를 일으켜 세워 침상으로 부축했다.

"자요, 다시 누워요. 두 번만 강호 구하려다간 팔다리 다 잘리겠네요."

"이놈아, 내가 얼마나 멋지게 싸웠는지 봤어야 했어."

"행여나요. 도망 다니고 피하고, 어떻게 하면 살아남을까 궁리만 하셨겠지요."

"히히히, 덕분에 이렇게 살아 왔잖아?"

"고마워요."

고맙다는 말은 장난이 아니었다. 전호의 마음을 누구보다 잘 알았기에 그녀는 괜히 그에게 미안해졌다.

"맹주님은?"

"일찍도 물으시네요."

설수린이 안도했다. 괜찮기에 나오는 대답이었으니까. 거기에 더
놀라운 소식도 있었다.

"맹주님께서 주화입마에서 깨어나셨습니다."

"뭐?"

설수린이 벌떡 침상에서 몸을 일으켰다. 그녀가 이화운을 보며 진
지하게 물었다.

"이제 어떻게 되는 거죠?"

이화운의 눈빛이 깊어졌다. 사도명과 섬서의 이화운이 한꺼번에 죽
었다. 자신이 아는 삼호는 절대 그냥 있지 않을 것이다.

"이제야말로 진짜 싸움이 벌어지겠지."

＊　　　＊　　　＊

태사의에 앉은 사람은 천무광이었다.

내상을 감추기 위해 그는 평소보다 더 건재한 모습을 보이고 있었
다. 강렬한 눈빛에 범접할 수 없는 기도가 담겨 있었다.

그 맞은편에 야율강이 서 있었다. 천무광에 비해 그는 표정 관리를
하지 못했다. 맹주가 주화입마에서 벗어났다는 소식을 들었을 때, 얼
마나 놀랐으면 들고 있던 찻잔을 떨어뜨렸을 정도였다.

천무광 앞쪽으로 제갈명이, 그리고 대청의 좌우로 사람들이 늘어서
있었는데 좌측에는 조금산과 원로원의 고수들이, 우측에는 무림맹의
단주급 이상의 고수들이 늘어서 있었다. 그곳에는 그야말로 무림맹을
이끄는 핵심 고수들이 모두 모여 있었다.

그리고 그들 가운데 관 하나가 놓여 있었다. 뚜껑이 열린 관 안에 사도명의 시체가 들어 있었다.

무거운 침묵을 깬 것은 야율강이었다.

"그러니까 이 사람이 맹주를 암살하려 했단 말씀이시오?"

"그렇습니다."

대답을 대신한 것은 제갈명이었다. 지난 일을 설명한 사람도 바로 그였다. 섬서 이화운의 시체는 아예 없애 버렸다. 그가 개입되면 얻는 것 없이 설명만 복잡해질 것이다.

야율강이 목청을 높였다.

"그게 말이 되는 소리요? 전각주가 무림맹주를 죽이려 들다니요!"

"사실입니다."

모두 믿을 수 없다는 표정이었다. 제갈명이 천무광을 대신하듯, 모두를 대변한 사람은 야율강이었다. 어젯밤까지만 해도 하늘을 날 듯 기뻐하던 그는 이제 태사의 아래에 서서 천무광을 올려다보고 있었다.

"증거가 있소?"

"네. 있습니다."

제갈명이 한옆에서 검 상자를 가져왔다. 상자를 열자 그 안에 만혈검이 들어 있었다. 이제는 검에 깃든 검혼이 사라져 일반적인 검이 되어 있었다.

"저자는 이 만혈검을 이용해서 맹주님을 주화입마에 빠뜨리려고 했습니다. 당시 그는 직접 시상을 해달라는 부탁을 했었지요."

만혈검이란 말에 장내에 작은 동요가 일었다. 만혈검은 그야말로 마검 중의 마검이었다.

"그것이 만혈검이란 말이오?"

물론 야율강도 만혈검에 대해 잘 알고 있었다.

"그렇습니다. 놈은 이 검에 대법까지 걸었습니다. 하지만 맹주님께서는 만혈검의 검혼에 당하지 않으셨지요."

"그게 무슨 말이오? 설마 맹주님께서 애초에 주화입마에 빠지지 않으셨단 말씀이시오?"

"그렇습니다."

"믿을 수 없소. 그렇다면 맹주님께 죽은 사람들은 어떻게 설명할 수 있단 말씀이시오? 설마 이번 일을 위해 애꿎은 목숨을 죽였단 말이오?"

모두의 시선이 천무광을 향했다. 만약 그러하다면 그건 결코 용서받기 어려운 일이었다. 설령 그것이 대를 위한 희생이라 할지라도.

제갈명이 미소를 지으며 말했다.

"그럴 리가 있겠습니까?

제갈명이 다시 한옆에서 서류를 가져왔다.

"맹주님께서 죽인 자들은 참형을 앞둔 죄인들입니다. 기록으로 남겼을 뿐만 아니라 뇌옥의 옥장이 이 사실을 알고 있습니다."

한옆에 서 있던 뇌옥장이 앞으로 나서서 말했다.

"군사의 말씀이 모두 맞습니다."

다시 제갈명이 설명했다.

"이후에는 모두 부상만 당했을 뿐, 죽은 사람은 아무도 없지요. 그들에게는 미안한 일입니다만, 어쩔 수 없는 일이었습니다."

일의 성격으로 봐서 그 정도까지는 모두 이해할 수 있었다. 무엇보다 맹주가 일부러 주화입마에 빠진 척했다는 사실이 놀라웠다.

야율강이 힐끗 한옆에 선 조금산을 쳐다보았다. 조금산은 눈을 지그시 감은 채 아무 말도 하지 않았다. 천무광과의 관계를 생각하면 나몰라라 있는 조금산을 탓할 수는 없었다.

"놈의 소행이었다면 왜 그때 처단하지 않으시고요?"

야율강이 태사의에 앉은 천무광을 보며 직접 물었다. 천무광은 아무 대답을 하지 않았고 역시 제갈명이 대신 대답했다.

"놈이 정말 흉수인지 확신하지 못했으니까요. 누군가 검을 바꿔치기 했을 수도 있었으니까요. 또 놈이 흉수라면 그 배후를 알아냈어야 했으니까요."

모두 공감한다는 듯 고개를 끄덕였다.

제갈명이 모두를 돌아보며 큰소리로 말했다.

"그리고 어제 이자가 폭혈단을 사용해서 맹주님을 시해하려 했습니다."

"그게 사실이시오?"

그러자 제갈명이 날카롭게 되물었다.

"그게 무슨 말씀이신지요? 사실이라니요?"

야율강은 자신이 실수했음을 깨달았다. 어제 그 일은 맹주가 직접 겪은 일이었다. 사실이라 묻는 것은 예의에 어긋난 것이었다.

"내가 실언을 했소. 워낙 믿기지 않은 일이라서."

"이자는 전각 경계를 모두 물리고 직접 폭혈단으로 만든 향을 피웠습니다. 그가 폭혈단을 다룬 흔적을 황 의원이 알아냈습니다."

사도명이 전각 경계를 모두 물린 것이 결정적인 증거가 되었다.

옥장과 함께 구석에 있던 황노가 나서서 나직이 말했다.

"그가 직접 폭혈단을 다룬 것을 확인했습니다."

그걸로 증거는 충분했다. 그리고 무엇보다 무림맹주가 이런 일로 거짓말을 할 리가 없었다.

야율강이 눈을 지그시 감았다. 눈앞에 세워졌던 거대한 성이 신기루처럼 사라지는 순간이었다.

제갈명이 준비한 증거들은 완벽했다. 그리고 사실 중요한 것은 그런 증거들이 아니었다. 중요한 것은 천무광이 건재하다는 것이었다.

그가 실제로 주화입마에 빠져 사람들을 죽였다 하더라도, 그건 도의적인 문제이지 그를 태사의에서 끌어내릴 수 있는 문제가 아니었다. 그가 멀쩡한 이상, 모든 것은 끝난 것이다.

야율강이 정중히 포권하며 마무리 인사를 했다.

"맹주께서 무사하셔서 정말 기쁘오. 강호의 홍복(洪福)이 아닐 수 없소."

이윽고 천무광이 입을 열었다.

"그대가 있어 든든한 마음이었소."

마음에도 없는 말들을 주고받은 후 야율강이 물러났다. 그는 먼저 그곳을 퇴장했다. 임시 맹주 자리를 두고 야율강과 경합을 벌였던 소염백은 통쾌한 마음이 들었다. 그가 애써 기쁨을 감추며 제갈명에게 물었다.

"배후는 누구요?"

"아쉽게도 알아내지 못했습니다. 한 가지 분명한 것은 아주 오랫동

안 치밀하게 계획되어 온 음모란 점입니다. 앞으로 철저한 조사를 통해 놈들을 모두 밝혀낼 것입니다. 이번 일을 전담할 특수대를 구성할 작정입니다."

"우리 늙은이들도 힘껏 돕겠소."

"말씀만으로도 든든합니다."

그렇게 그날의 회합이 끝이 났다. 모두 퇴장한 그곳에 천무광과 제갈명, 그리고 조금산만 남았다.

조금산이 성큼성큼 천무광에게로 걸어갔다. 계단을 올라간 그가 덥석 천무광의 손을 잡았다.

"다행이네, 정말 다행이네."

그의 목소리에 묻어나는 물기만큼이나 진심이 느껴졌다.

"내가 얼마나 걱정했는지 자넨 모를 거네."

"고맙네."

천무광은 예전과 변함없는 눈빛으로 조금산을 쳐다보았다.

'정말 이 친구가 나를 배신했단 말인가?'

그런 생각을 하면서도 천무광의 표정은 변함이 없었다. 그것은 조금산도 마찬가지였다.

'내 존재를 알아차린 것은 아니겠지?'

배신을 한 쪽도, 배신을 당한 쪽도 철저히 속마음을 숨기고 있었다.

조금산이 붙잡은 손을 놓으며 물러났다.

"해야 할 일이 많을 테니 나중에 이야기하세."

"그러세."

조금산이 대청을 나갔다. 그가 나가고 문이 닫히고 나자 천무광이 자리에서 일어나 창가로 걸어갔다. 항상 마음이 복잡할 때면 그는 이곳에서 창밖을 바라보았다. 이곳에서 무림맹을 내려다보고 있노라면 마음이 안정되었다.

"후우."

그는 지금 자신의 복잡한 심경을 제갈명에게 감추지 않았다.

"저 친구를 안 것이 사십 년이 넘는다네. 맹주가 되기 훨씬 전부터 알고 지냈지. 사람 마음이란 것이 참 이해할 수 없군."

조금산에 대한 의심에 동참하는 말이었다.

천무광이 창에서 몸을 돌렸다. 그가 사도명의 시체를 내려다보며 나직이 말했다.

"어쨌든 이제 이것으로 한숨 돌린 것인가?"

"네."

사실 이번 작전은 절반의 성공이었다.

위험을 감수해서라도 배후 세력을 일망타진하려고 했었다. 하지만 끌려나온 것은 섬서의 이화운이었다. 물론 그를 없앤 것만 해도 소기의 성과를 거둔 것이다. 거기에 중경의 이화운이 수면으로 부상한 것 역시 성과라면 성과였다.

이제 제갈명은 확신했다.

강호를 구할 사람이 바로 중경의 이화운임을. 어쩌면 앞서 맹주를 구해 준 것도 그일지 모른다는 생각이 들었다. 눈빛이나 목소리를 바꿀 수도 있을 테니까.

그때였다. 밖에서 백호단주가 비영단의 부단주 광진이 왔음을 알렸다.

곧이어 광진이 다급한 발걸음으로 뛰어들어 왔다.

"급보입니다."

광진이 들고 있는 전서는 황금색 매듭으로 묶인 특급전서로 오직 제갈명만이 열어볼 수 있었다. 전서를 전하고 광진이 그곳을 물러났다. 그것을 펼쳐본 제갈명이 깜짝 놀랐다.

"천기자에게서 온 전서입니다."

천무광이 벌떡 자리에서 일어났다. 천기자가 전서를 보내올 이유는 오직 하나였다. 제갈명이 빠르게 전서를 읽었다. 그의 두 눈이 점점 커졌다. 전서를 다 읽은 그가 놀란 얼굴로 천무광을 쳐다보았다.

"그가 새로운 예언을 했습니다."

제갈명의 목소리가 심하게 떨리고 있었다.

"뭔가?"

애써 담담한 듯 물었지만 천무광의 목소리도 떨렸다.

천기자의 전서는 충격적인 내용을 담고 있었다.

"강호 멸망이 앞당겨졌습니다."

"뭣이?"

천무광 역시 매우 놀랐다. 그가 떨리는 목소리로 물었다.

"언제로 말인가?"

제갈명이 경악한 표정으로 말했다.

"앞으로 삼십 일 후입니다."

第十章
비무제안

天下第一

天下第一

삼호는 도마에 흐르는 피를 가만히 내려다보고 있었다. 고기를 썰다가 손을 베는 일은 처음 있는 일이었다. 자연히 뭔가 좋지 못한 일이 벌어질 것 같은 예감이 뒤따랐다.

그녀가 한옆에서 물을 가져와서 도마에 뿌렸다. 피는 깨끗이 씻겨나갔지만 고기를 썰고 싶은 마음은 사라졌다.

그녀가 작업실을 나왔다. 정육점을 지키고 있던 수하가 꾸벅 인사를 한 후 자리를 피해 주었다. 언제나 그녀가 작업실에서 이곳으로 나올 때면, 혼자 있고 싶어 한다는 것을 잘 알기 때문이었다.

삼호는 작은 의자에 앉아서 저자를 쳐다보았다. 길 건너에서 채소를 파는 중년 사내가 미소를 지으며 그녀에게 인사를 건네왔다. 그녀가 어떤 사람인지 안다면 그는 결코 저런 미소를 짓지 못할 것이다.

그 앞으로 아이들이 뛰놀고 있었다. 여자아이가 넘어지자 먼저 뛰어가던 남자아이가 되돌아가서 여자아이를 일으켜 세워주었다.

그 모습에 삼호는 미소를 지었다. 문득 오래전 그날이 생각났다.

저 멀리서 대공자 백리철이 자신을 돌아보았다.

그도, 그녀도 이제 열두세 살의 어린 시절. 함께 뛰어가다 그녀가 넘어진 것이다.

하지만 백리철은 되돌아와 일으켜주지 않고 멀리서 쳐다보고만 있었다. 그게 서러워서 그녀는 눈물이 나려 했다. 뿌옇게 흐려진 시야 속에 그는 여전히 그 자리에 서 있었다.

삼호가 짧은 회상에서 벗어났다. 백리철은 그런 사람이었다. 넘어졌다고 다가와서 손을 내밀어 주지 않는 그런 사람. 하지만 그는 끝까지 기다려 주는 사람이기도 했다.

그때였다. 누군가 정육점으로 들어왔다. 그는 육호였는데 표정이 어두웠다.

"따라오세요."

고기를 써는 작업실로 들어서자마자 그녀가 물었다.

"둘 중 누가 죽었죠?"

육호가 떨리는 목소리로 대답했다.

"둘 다 죽었습니다. 사호와 오호, 둘 모두."

삼호가 눈을 질끈 감았다. 좋지 못한 예감이 들었지만, 설마 둘 다 죽었을 줄은 생각지 못했다.

"어떻게 죽었죠?"

"천무광에게 죽었다고 합니다."

그녀가 홱 돌아섰다.

"두 사람 모두 말인가요?"

"네."

"그럴 리가 없어요."

"천무광은 애초에 주화입마에 빠지지 않았다고 합니다. 우리가 놈에게 속았습니다."

삼호가 고개를 갸웃했다.

"그렇다고 사호와 오호가 천무광에게 당했다?"

아무리 상대가 천무광이라 할지라도, 사호와 오호를 한 번에 죽이기는 절대 쉽지 않았을 것이다.

"마음에 걸리는 것이라도 있으십니까?"

"이화운의 행적은 어떻죠?"

조금산이 그의 뒤를 밟게 했지만, 추적에 실패했다는 소식까지는 들었다.

"그는 다시 맹으로 돌아왔다고 합니다."

"정확히 언제요? 두 사람이 죽기 전인가요? 후인가요?"

"전입니다."

"그의 짓이에요."

"네?"

"삼공자! 그가 죽였어요."

삼호는 확신했다. 사호와 오호가 같은 날에 천무광에 당할 리는 없었다. 그것을 가능하게 할 변수는 하나, 이화운이란 변수였다.

그녀의 표정이 조금 풀어졌다. 머리를 쓰는 군사에게 가장 나쁜 것은 돌아가는 상황을 파악할 수 없을 때였다. 이화운의 짓이라면.

"대호를 만나야겠어요."

*      *      *

"와, 이거 다칠 만한데요?"

눈앞의 진수성찬에 설수린이 눈을 휘둥그레 떴다. 더구나 그 요리들은 이화운이 직접 한 것들이었다.

주요리는 닭백숙 요리였다. 서로 한 번씩 해 주었고 이번에 다시 이화운이 닭을 삶아 준 것이다.

전호가 앞에 놓인 그릇을 설수린에게 밀며 말했다.

"오고 가는 닭 요리 속에 애정이 무럭무럭 자라나서 좋기는 한데요. 전 안 먹을래요. 어제 닭 요리에 술 마셨거든요. 대주님, 다 드세요."

"이번에는 좀 달라."

"닭이 닭이지, 다를 게 뭐가 있겠어요?"

"하수오를 넣었거든."

천산에서 가져온 오십 년 된 하수오를 여러 약재와 함께 넣어서 푹 삶은 것이다.

전호가 웃으며 말했다.

"무슨 농담을 그렇게 진지하게 해요?"

"……."

"농담 아니군요."

잠시 침묵이 흘렀다. 전호가 설수린 쪽으로 밀어냈던 그릇을 잡았다. 동시에 설수린도 그릇을 잡았다.

"일수불퇴! 줬으면 끝이지."

설수린이 그릇에 침을 뱉으려는 것을 전호가 한발 먼저 뺏어갔다. 그릇을 끌어안은 전호는 마치 적진에서 전우를 구해온 듯 감격스러운 표정을 지었다. 그러던 전호의 눈빛이 예리해졌다.

"어? 그런데?"

전호가 자신의 그릇에 담긴 하수오 조각을 들었다.

"대주님 것보다 제 것이 작은데요?"

"그럴 리가?"

설수린이 자신의 것을 집어 들었다. 조금 차이가 나는 것이 아니라 설수린의 것이 두 배는 더 컸다.

"심지어는 닭도 작아!"

정말 전호의 것이 닭도 작았다. 전호가 이게 어떻게 된 일이냐는 표정으로 이화운을 쳐다보았다.

이화운의 얼굴이 살짝 붉어지며 모른 척 시선을 외면했다.

"헐!"

전호가 어이없다는 표정을 지었다. 일부러 설수린에게 큰 것을 몰아준 게 확실했다. 그 모습에 설수린의 얼굴이 덩달아 붉어졌다. 두 사람을 번갈아 쳐다보던 전호가 울상을 지으며 소리쳤다.

"추 소저! 추 소저!"

설수린이 기어들어 가는 목소리로 말했다.

"우연이야, 우연."

이화운이 고개를 끄덕였다. 전호가 더 큰 소리로 추 소저를 불렀다.

설수린이 다시 화제를 돌렸다.

"당신은 안 먹어요?"

"난 됐어."

전호가 소리쳤다.

"왜요? 제 것 뺏어서 갖다 주지 그래요! 아니지, 너무 작아서 줄 것도 없잖아?"

그렇게 한바탕 너스레를 떤 후에야 세 사람이 식사를 시작했다.

설수린이 힐끗 이화운을 쳐다보았다. 묵묵히 밥을 먹는 모습을 보는 것만으로도 마음이 떨렸다. 전호에게는 미안하지만, 자신을 더 챙겨준 것이 고마웠다. 아무것도 아닌 일 같지만, 그 마음이 정말 고마웠다.

그녀의 얼굴에 깃든 행복한 미소를 보며 전호가 피식 웃었다.

'그래요, 잘들 하고 있어요. 그렇게들 하는 겁니다.'

식사를 다 마쳐갈 때쯤 전호가 이화운에게 물었다.

"이거 내공 증진에 얼마나 효과가 있을까요?"

"몇 달이 될 수도 있고, 몇 년이 될 수도 있지."

"그게 무슨 말씀이죠?"

"같은 영약이라도 받아들이는 사람에 따라 다르게 작용하니까. 경지가 높을수록, 평소 수련을 열심히 하는 사람일수록 그 효과가 크지."

전호가 자신의 그릇을 내려다보며 울상을 지었다.

"제가 하수오에게 못할 짓을 하고 있군요."

"이놈아, 그러니까 평소에 게으름 피우지 말라고 그랬지?"

"대주님께 그런 소릴 듣는다는 것이 더 서글프군요."

둘의 장난에 이화운이 피식 웃었다. 언제나 그렇듯 둘을 보고 있으면 기분이 좋아진다. 좋은 사람은 언제나 좋은 기운을 전한다.

식사를 마친 후 전호는 먼저 그곳을 떠났다. 설수린이 자리를 비운 신화대를 전호가 책임지고 있었다.

설수린이 설거지를 하려는데 이화운이 말렸다.

"운기조식하면서 쉬어."

"이거 다칠 만한데요?"

설수린이 운기조식을 시작하자, 이화운은 묵묵히 설거지를 했다.

그녀가 진기를 일주천했을 때, 이화운도 막 설거지를 끝내고 있었다. 그 모습을 지켜보던 설수린은 고개를 내저었다. 정말이지 초절정 고수를 찜 쪄 먹는 이화운이 설거지하는 모습은 언제 봐도 낯설었다.

설거지를 마치고 돌아선 이화운에게 그녀가 물었다.

"한데 무공 수위가 오른 것은 어떻게 알아요?"

"왜?"

"그냥 확인해 보고 싶어서요."

이화운이 한옆에 세워둔 그녀의 검을 건넸다.

"갑자기 검은 왜요?"

"뽑아봐."

설수린이 검을 뽑았다.

"어때?"

"뭐가요?"

"검을 잡은 채로 눈을 감고 느껴봐."

설수린이 시키는 대로 눈을 지그시 감았다. 뭘 느껴야 할지 몰랐는데, 막상 눈을 감고 나자 알 수 있었다. 잠시 눈을 감고 있던 그녀가 눈을 떴다.

"알겠어요."

그녀가 감격에 찬 목소리로 말했다.

"제 실력이 늘었어요."

검을 든 느낌이 달랐다. 이제 백사검법이 팔성에 도달한 것을 그녀도 확실히 알 수 있었다.

문득 그녀는 이화운이 맹주를 구하던 날, 그의 눈빛이 더 맑았음을 떠올렸다.

"혹시 당신도 성취가 있었나요?"

이화운이 미소를 지으며 고개를 끄덕였다.

"혈, 당신도 더 늘 실력이 있다니. 정말 무공의 세계는 무궁무진하군요."

이화운은 이제 황룡신공의 칠성에 들었다. 앞으로 한 성, 한 성 올라가는 것은 정말 힘든 일이 될 터였다. 하지만 한편으로 목표가 있기에 수련이 힘들지는 않을 것이다.

그때 그곳으로 제갈명이 찾아왔다. 그는 청과 명에게 부탁해 특별히 주위 경계를 더 강화했다.

"고맙네."

제갈명은 진심으로 이화운에게 감사했다. 그가 아니었다면 맹주는 분명 그날 죽었을 것이다.

"별말씀을."

제갈명은 이화운에게 물어볼 것이 너무나 많았다. 하지만 조심스러웠다. 그가 이번 예언의 주인공이라면, 굳이 그를 들쑤실 필요는 없다는 생각이었다. 그가 맹주의 위기를 어떻게 알았느냐는 중요하지 않았다. 앞으로 어떤 행보를 할 것인가가 더 중요했다.

"맹주님께서 직접 오시겠다는 것을 내가 대신 왔네. 자네들 두 사람에게 깊은 감사의 말을 전하셨네."

설수린이 걱정스러운 마음으로 물었다.

"맹주님은 좀 어떠세요?"

"덕분에 괜찮으시네."

"다행이군요."

사실 천무광의 내상은 심각했다. 당분간 제대로 무공을 사용하지 못할 정도였다. 하지만 천무광은 그 사실을 제갈명에게도 감추었다. 설령 제갈명이 알았다 하더라도 그 사실을 외부에 알리지 않았겠지만.

"맹주님께서 이번 일의 보상을 내리셨네."

설수린이 눈빛을 반짝였다. 제갈명이 그녀를 보며 장난스럽게 말했다.

"보상이 무엇이면 좋겠나?"

"그야 당연히 돈이죠, 돈!"

"하하하."

제갈명이 크게 웃자 설수린이 눈을 가늘게 떴다.

"그 웃음, 뭐죠? 미안함의 웃음? 무마의 웃음?"

"하하하하하."

"헐, 정말 돈이 아닌가 보네."

제갈명이 작은 봉투를 내밀었다.

"돈 맞네."

하지만 '오오'로 시작한 그녀의 감탄은 '에계'로 끝이 났다. 안에 든 것은 달랑 삼백 냥이었다.

"맹에서 정한 액수네. 최고의 공훈을 세운 이에게 내리는 포상금이지."

"이러니까 소금맹이란 소릴 듣죠."

설수린이 그것을 반으로 나눴다. 반은 자신의 품에 넣고, 반을 이화운에게 주었다.

"저도 하나 죽였으니까, 반반. 공평하죠? 아시다시피 전 또 전호와 나눠야 하잖아요? 그러니 당신이 이해해요."

이화운이 피식 웃었다. 삼백 냥이 아니라 삼만 냥이라 할지라도 그녀에게 다 줄 수도 있었다. 하지만 돈 액수를 떠나 그녀는 절대 혼자서 돈을 챙기지 않을 것이다.

제갈명이 다시 품에서 봉투를 하나 꺼냈다. 이번에는 제법 두툼했다.

"이건 조 대인이 특별히 내리는 것이네."

"조 대인이라면? 조금산 말씀이신가요?"

"그렇네."

"헐."

설수린이 어이없다는 표정을 지었다.

"정말 뻔뻔하군요."

"그냥 돌려줄 텐가?"

제갈명의 말에 설수린은 이화운을 쳐다보았다. 그에게 결정권을 맡긴 것이다. 설수린의 솔직한 마음은 반반이었다. 받자니 마음에 걸리고 돌려주자니 아까운.

이화운은 망설이지 않고 봉투를 받아 들었다.

"돈은 죄가 없지."

그러면서 봉투를 열어보았다. 안에 든 돈은 오만 냥이었다. 이화운이 그중 이만 오천 냥을 그녀에게 건넸다.

"너무 많아요!"

그녀가 만 냥만 챙기고 나머지를 이화운에게 돌려주었다.

"나중에 후회할 텐데?"

"후회하죠."

두 사람이 마주 보며 미소를 지었다.

사실 그녀에겐 만 냥만 해도 어마어마한 액수였다. 월봉만으로는 평생 벌어도 만 냥을 모을 수 없을 테니까. 그렇게 큰돈이었지만 설수린은 전호에게 오천 냥 뚝 떼어줄 계획이었다. 물론 혼인할 때 줄 생각이다. 지금 줬다간 전부 다 기루에 갖다 바칠 테니까. 추 소저가 있긴 하지만 아직은 녀석을 완전히 믿을 수 없었다.

"이번 일을 조사할 특수대를 조직할 예정이네. 하지만 자네들에게 맡기지는 않을 생각이야."

군이 주위의 이목을 이화운과 설수린에게 집중시킬 필요는 없다고 생각했다. 그랬다간 행동의 제약만 더해질 것이다. 부연 설명을 하지 않았지만, 이화운과 설수린은 제갈명의 속뜻을 짐작했다.

"조금산에 대한 증거는 찾았나?"

설수린이 이화운을 쳐다보았다. 조금산에 대한 증거를 찾다가 그가 천산으로 떠났다. 그녀 역시 궁금했다. 과연 그가 단서를 찾았는지. 그러고 보니 그것에 대해 물어보지도 않고 있었다.

이화운은 고개를 한 번 끄덕였다.

"단서를 찾았소."

"아! 역시!"

그녀가 기뻐했다. 역시 이화운이란 생각이 들었다.

그나저나 언제 단서 찾고, 언제 강해진 거야. 대단하다, 대단해.

이화운은 그 내용에 대해서 제갈명에게 말해 주지 않았다.

"확실한 증거를 얻게 되면 연락드리지요."

"알겠네. 그 일은 자네들만 믿겠네."

자리에서 일어나려던 제갈명이 잊고 있었다는 듯 말했다.

"참, 이것 받게."

그가 하나의 철패를 내밀었다.

"천룡패네. 내원, 외원 할 것 없이 자유롭게 통과할 수 있는 패지. 맹주전도 예외가 아니네."

설수린은 깜짝 놀랐다. 이번 일의 중요함이야 익히 잘 아는 바이지만 그렇다고 맹주전까지 자유롭게 출입할 수 있게 해 줄 줄은 몰랐다.

"그뿐만 아니라, 언제든 무림맹의 병력을 동원할 수 있을뿐더러 중원에 있는 맹의 모든 안가를 사용할 수 있네."

제갈명은 할 수만 있다면 더한 것도 해주고 싶었다.

강호 멸망이 삼십 일 앞으로 다가왔다. 지금까지처럼 천기자의 예언이 맞다면, 정말 최악의 상황이 벌어진 것이다.

문제는 시기만이 아니었다. 첫 번째 예언은 강호 멸망과 함께 한 가지 예언이 더 있었다. 바로 이화운이 멸망을 막을 것이란 예언이었다. 그런데 이번 예언에는 그것이 없었다. 단지 삼십 일 후에 멸망한다는 예언만 나온 것이다. 이전처럼 이화운이 막을 것인지, 아니면 운명이 바뀌어서 강호가 멸망할지 알 수 없게 되었다.

제갈명의 마음은 급했다. 조금산을 없애는 일이 시급했다.

"그럼 부탁하네."

제갈명이 한마디 당부를 하고는 그곳을 떠나갔다. 그는 예언에 대해선 일절 언급하지 않았다.

둘만 남자 설수린이 웃으며 이화운에게 물었다.

"이제 우리는 뭘 해야 하죠? 이 돈으로 술이나 마셔요?"

"당신이 원한다면."

설수린이 풋 하고 웃었다. 이래서 그가 좋다. 뭐든 시원시원하게 대답을 해주니까.

"원하지 않는다면요?

"그렇다면……"

이화운이 의미심장한 눈빛을 반짝였다.

"조금산과의 두 번째 내기 준비를 해야겠지?"

　　　　＊　　　　＊　　　　＊

　삼호가 숲으로 들어섰을 때, 백리철이 탄 마차가 기다리고 있었다.

그는 약속을 정하면 늦는 법이 없다. 언제나 그랬다.

　삼호는 백리철의 그런 점이 좋았다. 큰일을 이루려면 저렇게 철두
철미해야 한다고 생각했으니까.

　하지만 오늘은 그것이 좋아 보이지 않았다. 오늘 같은 날도 저렇게
변함없는 모습을 보이는 것이 괜히 화가 났다.

　그래서였을 것이다. 그에게 심술을 부린 것은.

　"내려요."

　그녀의 첫마디에 백리철은 의외란 표정을 지으며 그녀에게 고개를
돌렸다. 두 사람의 시선이 마주쳤다.

　무심한 듯하면서도 강렬한 눈빛으로 그녀를 응시하던 백리철이 순
순히 마차에서 내렸다.

　그녀가 한옆의 바위에 앉으며 다시 명령조로 말했다.

　"앉아요."

　이번 역시 백리철은 순순히 그 옆에 앉았다. 순순히 말을 들어주니
자연 그녀의 마음은 누그러졌다.

　"오랜만이네요. 이렇게 나란히 앉아본 것도. 언제가 마지막이었
죠?"

　생각나지 않는 듯 물었지만, 그녀는 똑똑히 기억한다. 그와 관련된
모든 일은 사소한 것 하나까지 다 기억하고 있었으니까. 당시의 백리

철은 여전히 무뚝뚝했지만, 그래도 지금보다는 부드러웠다. 그랬다고 생각한다.

"사호와 오호, 소식 들었죠?"

"들었다."

물론 가장 먼저 그에게 보고가 들어갔을 것이다. 그들이 죽었다는 소식에도 여전히 그는 별다른 동요가 없어 보였다.

"천무광에게 당했다는군요. 하지만 제 생각은 달라요. 그들은 삼공자에게 당했어요."

백리철은 아무 말도 하지 않았다.

"한 가지만 대답해줘요. 삼공자에게 얻어 내려는 것이 무엇이죠?"

백리철이 그녀에게 고개를 돌렸다.

"난 그에게 원하는 것이 없다."

"그런데 왜 죽이지 않는 거죠?"

"난 이번 일을 시작하면서 모든 것을 다 버렸다. 하지만 한 가지 정도는 버리지 않아도……."

짝!

삼호가 갑자기 백리철의 뺨을 때렸다. 충분히 피할 수 있었겠지만, 그는 피하지 않았다.

"그걸 지금 말이라고……."

속에서 울컥하고 치밀어 오르는 하나의 감정. 하지만 그녀는 차마 그것을 입 밖으로 내뱉지 못했다.

'그걸 제게 할 소리인가요? 당신이 다 버린 것 중에 는 저와의 사랑도 있는데…… 그런데 사형제들은 끝내 못 버리겠다는 말을 제게

하다니요!'

그녀의 화난 두 눈에 눈물이 맺혔다. 스스로 생각해도 정말 독한 년 중의 독한 년이라고 생각했지만, 백리철에게만은 통하지 않는다.

문득 그녀는 자괴감이 들었다.

그를 때릴 자격이 있을까? 그가 자신의 사형제들을 위하는 마음을, 자신보다 사형제들을 더 아끼는 마음을, 그래서 자신이 인간임을 증명하려는 그를.

'내가 대체 무슨 자격으로.'

이런 생각을 하게 하는 그가 미웠다. 그가 미울수록 자신이 비참해졌다.

그리고 그녀를 화나게 하는 또 한 가지. 그가 지금 거짓말을 하고 있을 수도 있다는 점이었다. 어려서부터 그를 봤다. 그가 얼마나 독한 사람인지도 잘 안다.

이화운이 이렇게나 위협적인데. 단지 자신이 인간임을 느끼기 위해 살려 둔다고?

'도대체 나를 어떻게 보고!'

그녀는 모든 것을 속으로 삼켜야 했다.

그의 말이 사실이든, 거짓이든. 결과는 마찬가지로 비참할 뿐이었으니까.

자신의 앞을 멍하니 바라보던 백리철이 담담히 말했다.

"언제든 그만두고 싶으면 말해. 보내줄 테니까."

그녀는 피가 날 정도로 강하게 입술을 깨물었다. 간신히 눈물을 참으며 자리에서 벌떡 일어났다.

"다음 단계를 진행하겠어요."

그곳을 떠날 때까지 그녀는 돌아보지 않았다. 백리철은 그런 그녀의 뒷모습을 말없이 바라볼 뿐이었다.

*      *      *

이화운과 설수린은 다시 무영신투를 만났다.

"정말이지 내가 앓느니 죽지. 너희를 다시 봤을 때 확 떠났어야 했는데."

고개를 내젓는 그를 보며 설수린이 배시시 웃으며 말했다.

"도와주기로 했잖아요?"

"내가 언제!"

무영신투는 버럭 소릴 질렀지만 결국 이들을 도와주게 될 것임을 알았다. 두 사람과의 관계는 분명 운명이란 말을 써도 좋을 그런 관계였다. 그래서 사실 이미 일차 준비도 마친 상태였다. 그가 탁자 위에 한 장의 종이를 펼쳤다. 그곳은 저택의 설계 도면이었다.

"조금산의 집이다. 최근 배치도지."

설수린이 그를 와락 안아주며 말했다.

"벌써 조사하셨군요?"

"미쳤느냐?"

그녀의 포옹에 무영신투의 얼굴이 붉어졌다.

설수린이 그의 얼굴에 자신의 얼굴을 바짝 가져다 대며 싱긋 웃었다.

"고마워서 그렇죠."

무영신투의 얼굴이 발갛게 달아올랐다. 설수린이 눈을 가늘게 뜨며 말했다.

"이런 말씀드려도 될지 모르겠는데……."

"그럼 하지 마!"

물론 그런다고 안 할 그녀가 아니었다.

"선배는 미인계에 너무 쉽게 넘어가겠는데요?"

"뭐? 미친! 아니다! 아니라고!"

"지금 얼굴이 발간데요?"

"……."

설수린이 웃으며 말했다.

"저를 만난 것을 다행이라고 여기셔야 해요. 저를 보다 보면 어지간한 여자는 눈에 들어오지도 않을 테니까요. 제가 선배 목숨을 구하는 중이라고요."

무영신투가 황당하다는 표정을 지었다. 솔직히 설수린이 싫지 않았다. 오히려 귀엽고, 아름답다는 생각이 들었다.

"그렇다고 절 좋아하면 안 돼요. 아시다시피 전……."

순간 그녀가 흠칫했다. 자신도 모르게 좋아하는 사람이 있다고 말할 뻔한 것이다.

"……전 남자에게 눈곱만치도 관심 없거든요."

아, 이건 참 양심 없는 발언이다.

그녀가 내심 한숨을 내쉬며 힐끗 이화운을 쳐다보았다. 다행히 그는 그녀의 말보다는 설계도에 집중하고 있었다.

저 좋은 머리로 무슨 생각을 하고 있을까?

무영신투가 진지하게 말했다.

"다시 말하지만, 차수가 있는 한 절대 몰래 금고에 들어갈 수 없다."

"차수가 자리에 없다면?"

이화운의 가정에 무영신투가 고개를 끄덕였다.

"그렇다면 확실히 가능성이 있지."

"가능성이 아니라 확실히 해내야 하오."

"이놈아! 그게 어디 말처럼 쉬운 일인 줄 아느냐?"

"무영신투 당신이니까 하는 말이오."

이화운이 진심으로 자신을 믿는다는 것이 느껴졌다. 무영신투가 한숨을 내쉬며 말했다.

"내가 제 명에 못 살지."

해내겠다는 말을 그렇게 돌려 말하자 이화운이 정중히 인사했다.

"고맙소."

"그래, 고마워해야지. 정말 고마워해야 한다. 제대로 목숨을 걸어야 하는 일이니까."

설수린이 도면의 가장자리를 가리키며 물었다.

"금고가 있는 곳이 이곳인가요?"

"그래, 그곳이다. 차수와 네 명의 고수가 지키고 있지. 차수는 절대 금고 앞을 떠나지 않는다. 뒷간을 가는 시간을 빼고는 단 한시도 그곳을 떠나지 않지."

"잠은요?"

"잠도 그 앞에서 앉아서 운기조식을 하면서 자지."

진짜 고수들은 운기조식으로 잠을 대신할 수 있었다. 그야말로 차수가 곧 금고 그 자체였다.

"엄청나군요. 그럼 함께 있다는 네 명은요?"

"정확히 말하면 네 명이 아니라 여덟 명이다. 절정고수로 이뤄진 그들은 네 명씩 이교대로 경계를 서지. 한 마디로 차수를 보좌하는 역할이지."

듣고 있던 이화운이 물었다.

"차수가 없다면 금고를 터는 데 드는 시간은 얼마나 필요하오?"

"한 시진."

"너무 기오. 일각 안에 해내야 하오."

"미친놈! 지금 우리가 어딜 털려는 것인지 알고 하는 소리냐? 일각에는 절대 안 된다!"

잠시 고민하던 이화운이 나직이 말했다.

"반 시진. 더는 나 역시 무리요."

무영신투가 인상을 찌푸렸다. 잠시 도면을 내려다보던 그가 고개를 끄덕였다.

"좋다. 해 보지. 대신 준비할 물건들이 있다."

"얼마나 필요하오?"

"많을수록 좋다."

이화운이 품에서 전표를 꺼냈다. 십만 냥짜리 전표 두 장을 그에게 내밀었다.

"과연 화끈하군."

"화끈해야 해낼 수 있는 일이지 않소?"

이화운의 말에 무영신투가 미소를 지었다. 그의 심장이 두근거리고 있었다. 조금산의 집을 터는 일은 모든 도둑의 꿈이었으니까.

"준비에 걸리는 시간은?"

"이틀."

밖으로 걸어 나가던 무영신투가 문 앞에서 힐끗 돌아보며 물었다.

"실패하면 어떻게 되는지 알지?"

이화운은 아무 대답도 하지 않았다. 덕분에 설수린의 장난이 끼어들 수 있었다.

"우린 다 죽겠죠. 물론 가장 큰 손실은 이 강호가 천하제일 미녀를 잃게 되는 것이고요."

어이없다는 표정으로 무영신투가 방을 나갔다. 첫 번째 발걸음 소리가 난 후 더는 들리지 않았다. 과연 무영신투답게 그는 순식간에 사라졌다.

"재미있는 농담이었어."

"농담 아니었는데요?"

그러자 이화운이 눈을 동그랗게 떴다. 어이없어하던 무영신투의 표정이 이번에는 설수린의 얼굴로 옮아왔다.

물론 이 장난의 승자는 이화운이었다. 그녀가 이기려면 천하제일 미녀를 끝까지 밀어붙여야 하는데, 전호 앞에서나 뻔뻔했지 남들에게까지 그러진 못했다.

그녀가 짐짓 화난 표정을 짓자 그제야 이화운이 피식 웃었다.

"그나저나 어떻게 차수를 저곳에서 나오게 할 건가요?"

"그는 평생 단 한 번 비무에 졌어."

"네. 저도 알아요."

가만히 이화운을 쳐다보던 그녀가 깜짝 놀랐다.

"설마 그 무공이?"

이화운이 고개를 끄덕였다.

"그래. 내가 익힌 무공이다. 그래서 천산에 다녀온 것이지."

설수린이 떨리는 목소리로 물었다.

"이제 어떻게 하려고요?"

이화운이 의미심장한 눈빛으로 말했다.

"당신이 해 줘야 할 일이 있어."


*　　　*　　　*


조금산은 어둠 속에 홀로 앉아 있었다.

조직에서 사호와 오호가 죽었다고 연락을 해 왔다. 사도명과 함께 섬서 이화운도 죽은 것이다.

'다 밝히지 않으시겠다?'

천무광과 제갈명은 섬서 이화운의 죽음은 숨겼다.

조금산은 그날 천무광을 떠올렸다. 그의 눈빛, 그의 손짓 하나하나를.

'어쩌면……'

그가 다 알아차렸을지도 모른다는 생각이 들었다. 그러나 조금산은 다급해하지 않았다. 설령 그렇다고 해도 바뀌는 것은 없었다. 세상일이란 안다고 바꿀 수 있는 것은 아니니까.

그때 문밖에서 호위 무인인 정원의 목소리가 들려왔다.

"이화운이란 자가 소식을 전해 왔습니다."

"들어와서 고하게."

정원이 안으로 들어와서 전했다.

"그가 두 번째 내기를 정해서 보내왔습니다."

조금산은 살짝 인상을 찡그렸다. 직접 찾아오지 않고 기별을 한 것이 못마땅했다.

"뭔가?"

"비무를 하자고 합니다."

"뭣이?"

조금산이 깜짝 놀랐다. 이화운이 내기로 비무를 하자고 할 줄은 꿈에도 생각지 못했던 것이다. 더 놀랄 일은 정원의 다음 말이었다.

"그리고 비무에 직접 나서겠답니다."

멍한 표정을 짓던 조금산이 소리 내서 웃었다.

"하하하하하!"

호탕하게 웃고 난 조금산은 긴장이 풀렸다.

'제법 비상한 놈 같았는데. 고삐 풀린 망아지에 불과했군.'

이화운을 이길 수 있을 무인은 휘하에 수십 명은 족히 될 것이다. 당장 눈앞의 정원만 내보내도 새파란 놈 하나쯤은 자유자재로 찜 쪄 먹을 것이다.

"시기는?"

"이틀 후에 하자고 합니다. 그리고 약속대로 구경꾼들을 불러 모아

공개 비무로 하자고 합니다.”

“그렇게 준비하도록.”

“알겠습니다.”

정원이 조용히 밖으로 나갔다.

큰돈이 걸렸으니 이화운에게 뭔가 믿는 구석이 있을 것이란 생각이 들었다. 하지만 그것이 위기감으로 이어지지는 않았다.

돈과 관련된 일은 언제나 승리한 인생을 살아왔으니까.

*        *        *

내기 비무에 대한 소문이 무림맹 인근으로 쫙 퍼졌다. 내기에 걸린 돈이 자그마치 삼백만 냥이란 사실에 모두 흥미진진해졌다. 모두 이 흥미진진한 내기에 관심을 기울였다.

물론 조수아의 귀에도 그 소식은 들어갔다.

“미쳤군. 미쳐도 제대로 미쳤군.”

그녀는 이런 상대에게 돈을 잃은 것에 화가 날 지경이었다.

그녀의 호위인 난화 역시 비슷한 생각이었다. 그가 얼마나 강한지는 모르지만, 계란으로 바위를 부술 수는 없었다. 바위도 보통 바위가 아니라 거대한 암석 같은 바위들이 즐비한 곳이 바로 만금장이다.

“지금 연무장에 비무대를 만들고 있습니다.”

“돈 아깝게 비무대는 왜 만들어? 몇 수 버티지도 못할 텐데.”

“한데…… 삼백만 냥이 걸린 일인데, 이런 내기를 제안했다는 것이 이상합니다.”

그 점은 확실히 이상했다. 그날 봤던 이화운은 꽤 똑똑해 보였다.

'그렇다면 무공에 자신이 있다는 말인데? 대체 어떤 무공을 익혔기에?'

그때였다. 밖에서 수하가 소식을 전했다.

"설수린이란 여인이 아가씨를 찾아왔습니다."

"설수린?"

난화가 재빨리 알려 주었다.

"그날 이화운과 함께 있던 여인입니다."

조수아가 흥미로운 눈빛을 발했다.

"데려와."

잠시 후 그곳으로 설수린이 들어왔다. 여전히 아름다운 그녀의 모습에 조수아는 내심 감탄했다.

'정말이지 같은 여자가 봐도 아름답구나.'

부러운 마음만큼이나 질투가 들었다.

"우선 앉아요."

두 사람이 마주 앉자 시비가 차를 내왔다.

"여긴 어쩐 일이죠?"

설수린이 긴장한 표정으로 나직이 말했다.

"부탁이 있어서 왔어요."

〈다음 권에 계속〉

DREAMBOOKS★